나를 매혹시킨
한 편의 시 ⑤

소설가 31인의 *애송시*에 얽힌 이야기

나를 매혹시킨
한 편의 시

5

이호철 외 30인 지음

문학사상사

시를 통해 느끼는 삶의 여유

삶의 여유 속에는 한 편의 시, 한 권의 시집을 읽으면서
나와 내 주위를 돌아보는 여유도 포함되어 있는 것이 아닐까.

조 남 현 (문학평론가 · 《문학사상》 주간)

소외되어 가는 시 문화

표면상으로는 시와 관계가 없어 보이는 전문인들로부터도 애송시 혹은 '나를 매혹시킨 한 편의 시'를 받아 한 권의 합동시집을 묶는 일은, 시가 아직도 오늘의 한국인들에게 큰 영향을 주고 있음을 깨닫게 해준다. 요즈음같이 문학이 우리 생활의 주변으로 밀려나고 시가 푸대접받는 세상에서 이런 시집이 나올 수 있다는 것은 조금은 놀라운 일이다. 우리나라 사람들은 점점 여유 있는 생활을 하면서도 어째서 시는 점점 더 읽지 않는 것일까, 하는 의문에 휩싸여 있었던 참이기 때문이다. 삶의 여유 속에는 한 편의 시, 한 권의 시집을 읽으면서 나와 내 주위를 돌아보는 여유도 포함되어 있는 것이 아닐까. 왜 우리는 삶의 여유를 매사 서두르고 늘 바쁜 척하는 태도로 채우려 드는 것일까.

옛날에 비하면 시의 기능이랄까 영향력이 감소된 것이 사실이다. 옛날에는 어떤 분야에서 일을 하건 많은 사람들이 시를 '교양필수'로 여겨 왔다. 이제는 문학도 교양과목의 하나에 지나지 않는 것처럼 시집도 필독서에서 제외된 지 오래다. 그렇게 된 결과 오늘날 우리 사회는 점점 메말라 가고 살벌해지고 시끄러워지게 되었고, 사람들은 조용하면서도 깊이 있게 살 줄을 모르게 되었다.

시—종합적인 표현양식

옛날부터 시는 여러 가지 기능을 행사하는 것으로 인식되어 왔다. 《논어》에서 시의 긍정적 기능을 논한 대목을 많이 찾아볼 수 있다.

"시를 삼백 편 읽으면 한마디로 나쁜 것을 생각하지 않는다"(위정편)는 구절이 보이는가 하면 "시 삼백 편을 외우면서 정사를 제대로 처리하지 못하면, 또 외교사절로 나가 잘 응대하지 못하면 무슨 소용이 있겠는가"(자로편)라는 구절도 있다. "나쁜 것을 생각하지 않는다"는 "思無邪"를 옮겨 놓은 것으로 주석자에 따라서는 '思' 자를 아무 뜻이 없는 어조사로 파악하여 "사악함이 없다"로 해석하기도 한다. 어떤 식으로 해석하든 시를 많이 애송하거나 읽으면 나쁜 마음은 없어진다는 뜻이 된다. 국내를 다스리는 사람이나 외국과 외교하는 사람이나 시경에 수록된 305편을 지침서로 삼기도 했고 참고문헌으로 활용하기도 했다. 요즈음 외교야 경제 자료가 필수품이 된 것인만큼 시 수백 편을 외워 그때그때 알맞게 활용한다는 것은 그저 고대 중국에서 있었던 옛날이야기일 뿐이다. 그런가 하면 시를 흥관군원(興觀群怨)으로 요약한 것(양화편)도 있다, '흥'은 "정서를 불러일으킨다"로, '관'은 "풍속을 관찰한다"로, '군'은 "올바른 사회관계를 촉진한다"로, '원'은 "원망하되 화를 내지 않고 정치를 자극한다"로 정리할 수 있다. 물론 오늘날 모든 시집이 이렇듯 다양한 기능을 고루 보여 준다고는 하기 어렵다. 옛시든 현대시든 잘된 시라야 이 기능을 제대로 행사할 수 있는 것이기 때문이다.

'흥'에 치중한 시는 서정시로, '관'에 치중한 시는 사회시·일상시·참여시 등으로 나타난다. '군'에 치중한 시는 교훈시나 격언시로 나타나는 경우가 많다. 시의 기능이 다양하다는 것은 시의 종류가 실로 다양하다는 뜻이 된다. 시는 곧 서정시라고 생각하는 사람들이 많은 것은 사실이나, 시가 담고 있는 세계라든가 시가 대상을 드러내는 방식은 예상 외로 다양하다. 시도 장편소설 못지않게 종합적인 표현양식이라고 할 만하다.

시구(詩句)에서 느끼는 '촌철살인'의 힘

실제로 시는 소재에 따라, 주제에 따라 또 형식에 따라 여러 가지 갈래를 보여 주게 된다. 대부분의 독자들은 소재면에서는 현실묘사적인 것보다는 현실초월적인 것을, 주제면에서는 사상보다는 서정을, 형식면에서는 장시보다는 단시를 중심적인 것으로 놓고 보는 경향이 있다. 시에서 자신이 살고 있는 세상의 모습을 알려고 하는 사람보다는 그런 세상에서의 인식과 감정을 파악하려고 하는 사람이 더 많다. 그런가 하면 서정시·감상시·낭만시·자연시 등과 같은 것들을 통해 고통을 덜어 내고 슬픔을 이겨 내려고 하는 사람들도 많다. 그러기에 시를 읽는 마음을, 종교를 믿는 마음과 같은 것으로 보는 사람들도 있다.

시는 기본적으로 서정으로 향하는 시와 사상으로 이어지는 시로 갈라진다. 실제로 우리 시에는 김소월 같은 서정시인이 있는가 하면, 한용운이나 김춘수와 같은 사상시인이 있다. 그런가 하면 윤동주와 같이 섬세한 손길로 참회의 지평을 일군 시인이 있고, 이육사나 유치환같이 의지를 내세운 시인도 있다.

한 편의 시를 외워 이따금 흥얼거리다 보면 기분전환도 되고 마음이 정화되기도 하고 세상을 달리 바라보게도 된다. 그뿐이랴, 새로운 각오나 의지로 나아가게도 된다. 시를 외울 경우, 다만 한 대목이라도 좋다. 학창시절에 외운 시조 한 수나 한 장이 각자의 내면 속에서 종교 경전의 한 구절처럼 기운을 뿜어 낸 경험을 맛본 사람들이 많을 것이다. 사람들 입에 오르내리는 유명한 시구들은 촌철살인(寸鐵殺人)과 같은 힘을 발휘한다.

"한 송이 국화꽃을 피우기 위해 / 봄부터 소쩍새는 그렇게 울었나보다"(서정주, 〈국화 옆에서〉), "아아 님은 갔지마는 나는 님을 보내지 아니하였습니다"(한용운, 〈님의 침묵〉), "엄마야 누나야 강변 살자"(김소월, 〈엄마야 누나야〉), "왜 사냐건 / 웃지요"(김상용, 〈남으로 창을 내겠소〉), "죽는 날까지 하늘을 우러러 / 한점 부끄럼 없기를"(윤동주, 〈서시〉), "산이 날 에워싸고 / 씨나 뿌리며 살아라 한다"(박목월, 〈산이 날 에워싸고〉), "내 죽으면 한 개 바위가 되리라"(유치환, 〈바위〉), "어머니는 / 눈물로 / 진주를 만드신다"(정한모, 〈어머니·6〉) 등은 우리 시가 내어 놓은 명구(名句)요, 절창이다. 이러한 명구를 통해서 삶이란 무엇인가를 깨닫게 되기도 하고 삶을 어떻게 이끌고 나갈 것인가에 대한 가르침을 받기도 한다.

기본적으로 시인들은 깨끗하고 아름답고 보람 있는 삶을 더 많이 생각하고 또 이를 세련된 언어감각과 날카로운 언어선택으로 감동을 노리며 전달하려고 한다. 이러한 시구를 외우고 음미하고 적절한 데 이용하다 보면 시는 우리의 마음을 맑게 해주며 어떤 존재나 대상에 대해 새로운 인식이나 느낌을 갖게 해주는 것임을 확인하게 된다.

상상의 날개를 펼쳐라

　시를 좋아하는데 교훈적인 것을 좋아하는 것은 문제가 있다. 시에는 격언이나 속담에서 찾기 어려운 기운이 있다. 이러한 기운을 일러 '영적인 기운'이라고도 하고 '분위기'라고도 하고 '정서'라고도 한다. 격언은 다 말해 버리지만 시는 다 말하는 법이 없다. 시는 아무리 뛰어난 독자들에게도 자기의 비밀을 다 털어 내 보이지 않는다. 해독하기 어려운 부분은 독자 나름대로 상상할 수밖에 없다. 일반 독자들은 주관적으로 감상하고 자기 식으로 해석해도 그만이다. 시라는 양식은 독자들이 각인각색으로 읽거나 해석해 주기를 바란다. 대부분의 시들은 이러한 다양한 해석을 감당하지 못한다. 한두 가지 해석만 허용하는 시는 좋은 시라고 하기 어렵다.

　우리의 정서를 순화하는 데 있어 시처럼 소중한 것은 없다고 한다. 누구나 한 권의 시집의 마지막 페이지를 덮는 순간 나와 너 그리고 우리 모두를 새롭고도 따뜻한 눈으로 바라보게 될 것이다.
　이번 《나를 매혹시킨 한 편의 시》 제5권은, 바로 앞권 원로·중견·신진 시인들을 망라한 시인편에 이어 이 시대를 대표하는 소설가 31인이 밝힌 애송시에 얽힌 흥미진진한 매우 보기 드문 값진 이야기를 엮은 책이다. 우리가 즐겨 읽는 소설의 작가들을 사로잡은 시와 각기 다른 시만큼 다양하게 풀어 낸 사연들이 가득한 이

책을 평소 시를 사랑하는 독자들뿐만 아니라, 시의 참뜻과 소중한
가치에 대한 관심이 덜했던 분들에게도, 꼭 읽어 볼 만한 책이라
고 권하고 싶다.

차 례

（가나다 순）

1권 차례

2권 차례

3권 차례

4권 차례

고뇌의 심연을 거쳐
짜낸 신(神)에의 헌사

이제야 깨닫는다. 타고르와 위대한 시인들이 왜 신에게
끝없이 영성의 노래를 바쳤는지를. 업을 만드는 욕망의
인연들을 떨치고 보다 높이 날기 위해서이다.
"이 생명에 깃들었던 거칠고 어울리지 않는 온갖 것들"을
녹여 아리따운 꽃으로 흘러나오게 하실 이는 신이기에,
내 생명을 신성으로 빛내실 이는 임이기에,

강석경

타고르 ― 기탄잘리

1951년 대구에서 태어나 이화여대 조소과를 졸업했다. 1974년 《문학사상》으로 등단했으며, 소설집 《밤과
요람》《숲속의 방》, 장편소설 《가까운 골짜기》《내 안의 깊은 계단》, 산문집으로 《인도기행》《능으로 가는
길》 등이 있다.

기탄잘리

타고르

임께서 노래를 하라고 분부하시면 이 가슴은 자랑스러워 터질 듯 하오이다. 그래 임의 얼굴을 쳐다보면 이 눈에는 눈물이 고이나이다.

이 생명에 깃들었던 거칠고 어울리지 않는 온갖 것들이 녹아 한줄기의 아리따운 조화로 흘러나오나이다.—그리고 이 몸의 존경은 환희의 새와도 같이 나래를 펼쳐 바다를 날아 건너는 듯하오이다.

이 몸의 노래를 낙으로 삼으시는 줄 아옵나이다. 노래하는 이로서만 임의 앞에 가게 되올 줄 아옵나이다.

넓게 펼친 노래의 날개 깃으로만 이 몸이 감히 꿈꿀 수도 없는 임의 발에 이를 수 있나이다.

노래의 기쁨에 취하여 이 몸은 정신을 잃고 임을 내 주이신 벗이라고 일컫나이다.

《기탄잘리》中 두 번째 시

고뇌의 심연을 거쳐 짜낸 신(神)에의 헌사

　　기탄잘리를 읽으면 늘 인도의 영상이 떠오르면서 그리움에 사로잡힌다. 기차를 타고 달리면 가도가도 끝없이 펼쳐지는 지평선, 광막한 대지에 한 그루 나무처럼 서 있는 사람들, 남쪽 해변 한적한 사원의 밀실에 누워 잉태의 꿈을 꾸던 비슈누 신―. 이 무더운 대륙의 모든 것이 생성과 소멸이 되풀이되는 우주의 순환을 가르쳐 주기에 무신론자라 할지라도 수많은 힌두 신전 앞에 겸허한 마음으로 꽃을 바치며 경배할 수 있다.

　내가 인도에 첫발을 디딘 것은 올림픽을 치른 다음 해인데 자폐적인 국가가 상징처럼 비로소 해외여행자율화를 공표한 뒤였다. 88년도에 신문에 연재했던 장편을 책으로 묶어 내고 30대의 마지막 생일에 막연하나마 의식의 전환점이 될 여행을 예감하며 갑옷처럼 숨을 조이는 한국을 떠나 보기로 했다. 방랑하기를 꿈꾸었던 인도로.

　붓다의 탄생지, 빈곤과 무지로 거지가 우글거리지만 또한 영적인 삶의 가치를 아는 순례자와 수행자들의 나라, 이런 정도의 상식을 가지고 바라나시에 첫발을 디뎠지만 한마디로 충격이었다. 거지인지 성자인지 알 수 없는 맨발의 힌두교도들이 천 하나만 몸에 걸친 채 거리를 메우고 소들이 인파 사이로 유유히 다니는 성지. 사원마다 의식이 벌어지고 아이들은 관광객들을 따라다니며 구걸하는데

강변 곳곳에선 화장터의 연기가 피어 올랐다. '가트'라 불리는 화장 터 주위엔 몇 구의 시신들이 차례를 기다리고, 화기가 남아 있는 잿 더미 옆으론 떠돌이 개가 어슬렁거렸다.

삶과 죽음, 영과 육체, 성과 속. 인도는 이 양면을 적나라하게 보여 준다. 석 달 동안 소란 속에서 여행하고 샨티니케탄에 갔을 땐 정적이 나를 기다리고 있었다. 타고르가 대학을 설립한 곳인데 드넓은 숲길로만 이어진 대학촌은 인도의 여느 곳과 달리 조용했다. 대학 기숙사를 방문하러 가다 복도에서 들은 노랫소리는 피로를 일시에 씻어 주어 걸음을 멈추게 했다.

영혼의 울림 같은 시타르 반주와 인도 전통노래는 나를 순간에 정화시키는 듯했다. 기숙사 앞의 열대 식물들을 바라보며 인도에서 처음으로 '평화'란 단어를 입 밖에 냈다. 샨티니케탄은 '평화가 깃든 곳'이라는 뜻이다. 그날 밤 투어리스트 로지에서 이렇게 기행문을 썼다.

"지상의 삶이 고달프면 기탄잘리를 읽고 위로 받았던 시기가 있었다. '이 별 저 별에서 메아리치는 소리'와 같은 신의 발자국소리에 귀기울이며 쓰디쓴 현실에서 한발을 올려 들 수 있었다. 영원을 향해 기도하며 지고의 존재를 계시해 준 시성 라빈드라나다 타고르의 숨결을 느끼고자 샨티니케탄으로 오다."

2년 뒤 나는 다시 샨티니케탄을 찾았다. 비본질적인 것들로 억압을 주는 유교사회에서 벗어나 존재의 본질을 가르쳐 준 인도에서 살아 보고 싶었다. 자연이야말로 참된 교사임을 통찰한 시인이 자연의 삶을 해치지 않기 위해 3층 이하 건물만 지은 아름다운 이상향에서 부서진 자신을 회복하고자 했다.

샨티니케탄에선 어느 집에나 흙길이 난 정원이 있고 어디를 가든 무성한 숲길을 걷게 된다. 이따금 릭샤들이 울리는 치릉치릉 자전거 종소리를 들으며 걸어가면 남국의 꽃향기가 얼굴에 감겨 오는데 나무에 피는 하얀 따골꽃은 치자꽃 같은 진한 향기를 온 정원에 날렸다. 이곳의 대표적인 꽃나무여서 따골꽃이라고 부르는 걸까.

따골꽃 말고도 집집마다 걸려 있는 타고르 사진과 창밖으로 울리는 타고르송이 타고르란 정신의 거인의 자취를 느끼게 하는데, 타고르는 위대한 시인이었을 뿐 아니라 3천여 곡의 벵갈노래를 지은 작곡가였고 화가이기도 했다.

내가 배운 타고르송은 애잔하고 낭만적인데 타고르가 어두운 톤으로 그린 집과 나무, 정물 등에는 원초의 그것 같은 순화되지 않은 어떤 힘이 깃들어 있는 듯하다. 자화상인 인물화는 나무의 정령 같고 결코 밝다고 할 수 없는 복잡한 내면을 보여 주는 듯하다.

비가 오기 시작한 6월 몬순에 갑자기 먹구름이 몰려들면서 지상을 덮어 버릴 듯 우레가 친 날 나는 정원에 서서 그의 그림을 떠올렸다. 저 자연의 드라마처럼 광포한 열정이 깃든 시인의 그림을. 백발의 타고르 모습은 고뇌하는 성자 같지 않은가. 그의 눈은 영원을 꿰뚫어 보고 있으나 먹구름이 몰려와 소나기를 퍼붓고 청정해지듯 정화된 듯하다. 그렇게 고뇌의 심연을 거쳐 비단처럼 짜낸 기탄잘리를 우주의 신에게 바쳤으리라.

　이제야 깨닫는다. 타고르와 위대한 시인들이 왜 신에게 끝없이 영성의 노래를 바쳤는지를. 업을 만드는 욕망의 인연들을 떨치고 보다 높이 날기 위해서이다. "이 생명에 깃들었던 거칠고 어울리지 않는 온갖 것들"을 녹여 아리따운 꽃으로 흘러나오게 하실 이는 신이기에. 내 생명을 신성으로 빛내실 이는 임이기에.

아주 드물게
찾아오는 매혹

이 시는 매혹이 아니라 충격이었다. 강렬하게 내 삶에
가해지는 힘이었다. 그리고 잇달아 다가오는 각성.
그렇구나, 모두가 현실 너머로 바캉스를 떠난
것이로구나, 현실에 없는 이상향을 찾아 저마다
각자의 길을 떠날 때 나는 현실에 붙박힌 채 낮잠이나
자고 있었던 것이로구나.

최승자 ― 올 여름의 인생 공부

고은주

1967년 부산에서 태어나 이화여대 국문과를 졸업하였다. 1995년 《문학사상》 신인상에 단편소설 〈떠오르
는 섬〉이 당선되어 등단했다. 장편소설로 《아름다운 여름》 《여자의 계절》 등이 있으며, 1999년 오늘의 작
가상을 수상했다.

올 여름의 인생 공부

최 승 자

모두가 바캉스를 떠난 파리에서
나는 묘비처럼 외로웠다
고양이 한 마리가 발이 푹푹 빠지는 나의
습한 낮잠 주위를 어슬렁거리다 사라졌다.
시간이 똑똑 수돗물 새는 소리로
내 잠 속에 떨어져내렸다.
그러고서 흘러가지 않았다.

엘튼 존은 자신의 예술성이 한물갔음을 입증했고
돈 맥글린은 아예 뽕짝으로 나섰다.
송×식은 더욱 원숙해졌지만
자칫하면 서××처럼 될지도 몰랐고
그건 이제 썩을 일밖에 남지 않은 무르익은 참외라는 뜻일지도 몰랐다.

그러므로, 썩지 않으려면
다르게 기도하는 법을 배워야 했다
다르게 사랑하는 법
감추는 법 건너뛰는 법 부정하는 법.

26

그러면서 모든 사물의 배후를

손가락으로 후벼 팔 것

절대로 달관하지 말 것

절대로 도통하지 말 것

언제나 아이처럼 울 것

아이처럼 배고파 울 것

그리고 가능한 한 아이처럼 웃을 것

한 아이와 재미있게 노는 다른 한 아이처럼 웃을 것.

아주 드물게 찾아오는 매혹

　나는 이제 어떤 것에도 쉽사리 매혹되지 않는다. 30대 중반의 나이에 벌써 이리 되고 말았다. 나는 이제 자주 허망하고 자주 참담하다. 나를 이리 만든 것들이 한때는 내게 더할 수 없는 매혹이었음을 생각하면 더욱 그렇다.

　스무 살이 될 때까지 나를 매혹한 것은 단지 '성장'일 뿐이었다. 그리고 드디어 성장을 성취했다고 믿게 된 스무 살부터 내게는 숱한 매혹이 다가오기 시작했다. 창밖에서 들려오는 구호 소리에 자주 강의의 흐름이 끊기고, 시험 거부와 수업 거부가 일상이던 시절. 대학 캠퍼스는 혼란스러웠지만 그 혼란조차도 매혹이던 시절이었다.

　친구나 애인, 풍경이나 냄새, 음악이나 그림, 혹은 토크쇼나 드라마조차도 그때는 나를 함부로 사로잡았다. 매혹은 도처에 넘쳤고 나는 기꺼이 그 매혹에 중독되었다. 그러면서도 유독 시나 소설에는 쉽사리 매혹되지 못했다. 그때 나는 강의실의 문학과 현실의 문학 사이에 놓여진 괴리감을 버거워하던 얼치기 문학도였다.

　그 시절에 이 시를 만났다. 읽는 순간, 내가 발 딛고 있는 땅이 곧바로 '모두가 바캉스를 떠난 파리'로 느껴지던 시. 파리처럼 자유롭지도 여유롭지도 않은 도시, 바캉스 따위의 단어와는 절대 거리가 먼 현실이었음에도 그랬다. 숱한 매혹에 빠져들면서도 내가 묘비처럼 외로웠던 이유, 늘 뜨거운 여름 같았던 세상에서 정작 현실에 밀착된 사람은 하나도 없는 듯이 보였던 이유가 비로소 이해되는 느낌이었다.

그러므로 이 시는 매혹이 아니라 충격이었다. 강렬하게 내 삶에 가해지는 힘이었다. 그리고 잇달아 다가오는 각성. 그렇구나, 모두가 현실 너머로 바캉스를 떠난 것이로구나, 현실에 없는 이상향을 찾아 저마다 각자의 길을 떠날 때 나는 현실에 붙박힌 채 낮잠이나 자고 있었던 것이로구나.

다르게 기도하는 법, 다르게 사랑하는 법. 그것은 나의 습한 낮잠을 자극하는 고양이의 발자국과도 같았다. 말하자면 그때 나는 다르고 싶었던 것이다. 구호 같은 시들이 난무하는 캠퍼스에서도, 현실과 동떨어진 텍스트를 배워야 하는 강의실에서도, 나는 다르고 싶었다. 그들을 인정한다고 해서 그들과 같아질 수는 없었다. 나는 다르고 싶었다.

하지만 '감추는 법, 건너뛰는 법, 부정하는 법'은 내게 참으로 까마득했다. 나는 너무 많은 것에 쉽게 매혹되었고, 거기에는 아무런 일관성도 개연성도 없었다. 모든 사물의 배후를 손가락으로 후벼 파기에는 모든 사물에 대한 관심과 애정이 너무 많았다. 나는 다만 시와 소설에만 뜨악한 시선을 보냈을 뿐이다. 그 시선을 완전히 돌려버리지도 못한 채.

시간은 그렇게 똑똑 수돗물 새는 소리로 내 잠 속에 떨어져 내렸다. 그러고서 한동안 흘러가지 않았다. 하지만 길지 않은 시간이었다. 졸업반이 되면서 나는 비로소 내가 아직도 성장하지 않았음을 깨달았던 것이다. 제대로 성장하지도 못한 채 나는 곧 학교 밖으로 내동댕이쳐질 것이었다. 그 불안함으로 나는 가족을 떠나 학교 바로 앞에 아주 작은 방을 얻었다.

모든 사물에 매혹되던 시절을 접고 다시 혹독한 성장을 해야 할 시기가 다가오고 있었다. 나는 이제 사물을 압도할 무언가가 되어야만 했다. 하지만 학교 앞 그 좁은 방에서도 나는 여전히 아무것도 되고 싶지 않아서 우울했다. 보일러의 연탄을 갈다가 느닷없이 그 불빛과 매캐함에 매혹되기도 했다. 나는 너무 젊었고 너무 다감했다.

두 달 만에 나는 다시 가족에게 돌아갔다. 그로부터 시간은 무지막지하게 흘러가기 시작했다. 돌아보니 12년이다. 최근에 그 작고 낡은 방 근처에 작업실을 얻으면서 지나간 세월을 꼽아 보다가 나는 그만 허탈해지고 말았다. 거짓말처럼 흘러간 12년 동안 대체 무슨 일이 내게 일어난 것일까.

그 동안에도 나는 자주 여러 가지 것들에 매혹당했다. 그리고 더 자주 그것들로부터 실망하고 낙담했다. 환멸은 내게 이제 아주 익숙한 것이 되었다. 그리고 놀랍게도 지금 나는 그 시절에 그토록 뜨악해하던 문학을 업으로 삼고 있다. 낡은 다세대 주택 2층이 아니라

신축 오피스텔 건물 9층에서 학교를 바라보면서. 그러나 이 시를 읽는 마음은 그때나 지금이나 변함이 없다. 여전히 강렬한 힘이 내게 가해지고 잇달아 각성이 다가온다. 변한 것이 있다면, 아주 부드러운 매혹까지 느껴진다는 점.

그것은 스무 살 무렵처럼 무모하게 다가오는 매혹이 아니다. 그것은 천천히 고개를 끄덕이면서 사로잡혀 가는 것이다. 외로움, 시간, 사랑 따위의 단어를 관념이 아닌 실체로 경험해 본 자만이 느끼는 공감에 이끌려.

이렇게 매혹되면 벗어나기 힘들다는 것을 나는 이제 알고 있다. 지나간 시절에 나를 매혹하고 기어이 환멸로 남은 모든 것들은 기실 환상이었거나 내가 원하는 대로 잘못 투영된 것이었으리라. 이제 내가 무엇에든 쉽게 매혹되지 않는다는 것은 그 실체를 바로 볼 수 있게 되었다는 의미이기도 한 것이다. 그럼에도 불구하고 무언가에 끝내 매혹되고 말 때, 그것은 얼마나 깊고 잔인할 것인가. 환상을 극복한 실체의 매혹. 허망과 참담 사이를 비집고 어렵사리 내게로 다가오는 매혹.

예전에 읽었던 책들을 다시 읽으면서 나는 요즘 종종 그런 매혹에 빠져든다. 문학을 뜨악하게 바라보았기에, 정확히 말하면 두려워했기에 나는 이제야 비로소 텍스트의 깊은 매혹을 만날 수 있게 된 셈이다. 그러나 역시 자주 있는 일은 아니다. 분명한 것은, 모든 텍스트는 세월과 더불어 움직인다는 사실이다. 12년 전의 텍스트와 오늘의 텍스트는 내가 성장한 만큼 다르게 읽힌다. 내 성장의 증거는 텍스트 속에 있다.

오늘, 학교 앞의 풍경은 밝다. 젊은 친구들의 얼굴도 밝다. 하지만 역시 어딘가 들떠 있는 듯한 모습이다. 내게는 여전히 이 도시가 '모두가 바캉스를 떠난 파리'로 여겨진다. 이제는 현실보다 더 현실적인 삶을 찾아 모두가 어딘가로 떠나 버렸다. 그들이 꿈꾸는 이상향은 지금 '강력한 현실'이라는 이름으로 징그럽게 통일되어 있다.

그때나 지금이나 문학은 난처한 자리에서 서성이고 있고, 나는 여전히 묘비처럼 외롭다. 그래서 나는 생각한다. 절대로 달관하지 말 것, 절대로 도통하지 말 것, 언제나 아이처럼 울 것. 오늘도 나는 그렇게 썩지 않는 법을 생각한다. 문학에 대한 나의 알리바이가 묻혀 있는 곳, 항상 여름처럼 뜨거운 이곳, 신촌에서.

나를 응시하는
또 다른 나를 얻다

나는 오랫동안 입고 다녀 걸레처럼 되어 버린 검은 오버코트를 벗었다. 녹음기를 다시 집 안에 들이고, 슬리퍼 대신 검정색 단화를 신었다. 그리고 여전히 내 속에 엄존하는 거지 같은 자아를 응시하기 시작했다. 나를 응시하는 또 하나의 나를 만들어 낸 셈이었다. 〈생명의 서(書)〉가 나를 그렇게 만들었다.

유치환 ─ 생명의 서(書)

구효서

1957년 경기 강화에서 태어났으며, 1987년 《중앙일보》 신춘문예에 단편 〈마디〉가 당선되어 등단하였다. 중단편집 《노을은 다시 뜨는가》《확성기가 있었고 저격병이 있었다》《깡통따개가 없는 마을》《도라지꽃 누님》, 장편소설 《늪을 건너는 법》《라디오 라디오》《낯선 여름》《남자의 서쪽》《내 목련 한 그루》《비밀의 문》《악당 임꺽정》, 산문집 《인생은 지나간다》 등이 있다. 1994년 한국일보문학상을 수상했다.

생명의 서(書)

유 치 환

나의 지식이 독한 회의를 구하지 못하고

내 또한 삶의 애증을 다 짐지지 못하여

병든 나무처럼 생명이 부대낄 때

저 머나먼 아라비아의 사막으로 나는 가자

거기는 한 번 뜬 백일이 불사신같이 작열하고

일체가 모래 속에 사멸한 영겁의 허적(虛寂)에

오직 알라―의 신만이

밤마다 고민하고 방황하는 열사(熱沙)의 끝

그 열렬한 고독 가운데

옷자락을 나부끼고 호올로 서면

운명처럼 반드시 '나' 와 대면케 될지니

하여 '나' 란 나의 생명이란

그 원시의 본연한 자태를 다시 배우지 못하거든

차라리 나는 어느 사구(沙丘)에 회한 없는 백골을 쪼이리라.

나를 응시하는 또 다른 나를 얻다

사는 게 끝없이 낯설고 어색하다.

똑같은 사람을 자주 만나도 끝없이 낯설고 어색하기만 하다. 그래서인지 얼굴을 기억하지 못한다. 이름을 기억하지 못한다. 어쩌다 많은 사람들이 모인 자리에 가면 박상우나 이순원의 옆구리를 쿡쿡 찌른다.

"저 사람은 누구지? 저기 저 사람은?"

알려주어도 곧 잊고 만다. 나는 주소록이나 전화번호부도 갖고 있지 않다. 지금껏 나 스스로 누구를 만나고자 한 적이 없다.

기억이라는 것은 언제나 긴가민가여서, 상대가 아는 척을 해오면 그냥 나도 아는 척을 할 뿐이다. 이건 분명 상대에 대한 불친절이며 결례다. 고의는 아니라 하더라도, 상대가 불쾌해할까 봐 전전긍긍한다. 오만이 아니기 때문에, 오만으로 오해당할까 봐 또 안절부절못한다.

그래서, 몰라도 아는 척을 할 수밖에 없다. 그러다 낭패를 당한 적도 있었다. 상대도 나와 똑같은 인간이었던 것이다.

우리는 한 1분 동안을, 서로 매우 잘 아는 척을 했다. 그러나 으레적인 인사라는 것은 1분을 넘기지 못한다는 결점이 있는 것이었다. 잘 지내는가, 하는 일을 잘 되는가, 집안은 편안한가 따위를 문다 보면 이내 그 '으레적인 인사'의 밑천은 다 떨어지게 마련이었다. 구체적인 안부로 들어가야 하는데 도무지 아무것도 생각나지 않았다. 결국 어디서 봤더라, 라는, 민망하기 짝이 없는 확인절차를 뒤늦게 거쳐야 했다. 고향과 출신학교와 근무했던 부대 위치 따위를 다 따져 봤는데도 서로의 경험과 기억이 교차되는 지점은 없었다. 생판 모르는 사람이었던 것이다. 그나 나나 얼굴을 붉히고, 이름도 모른 채 길 위에서 헤어졌던 건 물론이다.

내가 이 세상에 잘못 떨구어진, 부적격한 존재라는 사실은 오래전부터 자각하고 있었다. 그 동안의 삶을 분석적으로 조망한 결과로서의 자각이 아니었다. 십대 때부터, 거의 직감에 가까운, 느낌으로서의 자각이었다.

반장 하는 것을 죽기보다 싫어했고, 제대한 후 이른바 예비역 복학생으로서 과대표에 뽑힐 뻔했을 때도, 하루를 결석해 버리는 것으로서 간신히 위기를 모면한 적이 있었다. 사람들에게 이유를 설명할 수 없었고, 설명하기도 싫었다.

사람을 만나거나, 모여서 무슨 일인가를 함께 해야만 할 때, 나는 늘 견뎠다. 시간을 견뎠고, 관계를 견뎠고, 일을 견뎠다. 그게 힘들고 고단한 나머지 나중에는 적극적으로 가담하거나 앞서 나가기도 했다. 그러나 방식이 달랐을 뿐 그것 역시 견디는 일에 지나지 않았다.

나는 뭔가 기쁘고 행복한 일이 내 주변에 생기면 불안해지는 아이였다. 고단하고 절망스럽고 막막해져야만, 그럼 그렇지, 하며 비로소 안심하는 게 나였다. 도대체 어떤 세상에 살다 불현듯 이 세상에 떨구어진 미아길래 그토록 이 세계와 불화했는진 모르겠으나, 하여튼 내게는 꿈도 희망도 없었거니와, 그런 것들이 내게는 어울리지도 않는 거라고 생각했다. 용돈이라는 것도 제대로 받아 보지 못했으면서, 그나마 주머니가 텅 비어야지만 안정이 되던 이상한 아이. 나는 누구에게 무언가를 줄 줄도 몰랐고 받을 줄도 몰랐다. 이른바 '적빈(赤貧)의 자유'라는 것과도 차원이 다른, 어쩌면 구차함에 대한 나의 친화력이라는 건 가히 선험적이랄 수 있는 거였다.

도시 빈민 이주책의 하나로 박대통령이 지었다는 구로동의 공영주택에 살면서도, 나는 단 한 차례도 가난에 대해 불만을 가져 본 적이 없었을 뿐 아니라, 오히려 연탄냄새 가득한 골목을 오갈 때마다 담배를 잔뜩 피워 먹먹해진 것 같은 폐의 포만감을 사랑했다. 정월 대보름달을 쳐다보며 하루빨리 그곳에서의 탈출을 소원하던 다른 아이들과는 달리, 나는 그 구멍 같고 소굴 같은 집과 마을에서 쫓겨나지나 않을까 불안했고, 불안해야만 살아 있다는 존재감을 느꼈다.

얼마 전, 한겨울 아파트 거실에 속옷 차림으로 누워, TV로 곧 철거된다는 난곡 산동네의 사계(四季)를 바라보는 내가 또 그토록 낯설고 어색할 수가 없었다. 공영주택에 살 때도 나는 바깥의 빌딩과 아파트들을 바라보는 대신, 작고 좁고 추운 방 안에 틀어박혀, 이불을 뒤집어쓰고, 더 낮고 더 깊고 더 어두운 세상으로 빠져들곤 했었다.

학교에서의 형편없는 성적, 친구들로부터의 따돌림, 배고픔과 어지럼증, 그리고 대학 낙방과, 불투명한 진로와, 막막한 실존이, 나에겐 그토록 황홀한 안락일 수가 없었다. 내게 꼭 맞는 옷일 수가 없었다. 그런데 한겨울 속옷 차림으로 널따란 아파트 거실에 누워 TV를 늘어지게 보고 있다니!

나는 머리를 어깨까지 기른 채(깎지 않았던 것일 뿐), 한여름에도 검은 오버코트를 입고, 슬리퍼를 끌며, 70년대 그 유명했던 광화문 통을 배회했다. 가슴에는 커다란 독수리표 가정용 세이코 녹음기를 안고 다녔다.

아, 그때 듣던 노래. 김정호의 〈이름 모를 소녀〉. 2,3년 거푸 듣던 노래였지만 그 노래가 흘러나오는 전파상 앞을 나는 여전히 그냥 지나칠 수 없었다. 작고 초췌한 가수 김정호의 병색 짙은 호소. 이름 모를 소녀의 그 끔찍한 바이올린 전주.

그 노래가 흘러나올 때마다 온몸에 소름이 돋고 오금이 얼어붙어 꼼짝할 수가 없었다. 김정호의 노래를 듣기 위해 마침내 집에 있던 녹음기를 바깥까지 들고 나왔던 것이다. 나는 그의 〈하얀나비〉와 〈세월이 가면〉을 찬송가처럼 듣고 다녔다. 죽음을 앞둔 가수의 마지막 절창들에 사로잡히면서 시를 쓰기 시작했다.

내가 이상의 시들을 유독 좋아했던 이유는 시 자체에 있었던 게 아니라 〈날개〉 등의 단편소설에서 화자화 된 이상의 모습 때문이었을 것이다. 김정호의 노래들과 이상의 시와 소설 등에 보이는 정조가 내가 입기에 딱 편하고 안락한 옷처럼 여겨졌다.

절친했던 고등학교 친구의 어머니가 이상을 좋아한다는 사실을 안 뒤부터, 나는 그 친구를 만나기 위해서가 아니라, 《데미안》의 에바 부인만 같던 그의 어머니를 보러, 2층인 데다 멋진 테라스까지 있던 노량진 그의 집을 뻔질나게 들락거렸다. 센뻬과자와 콜라를 내 주는 그녀의 가늘고 긴 손가락과, 많이 먹으라는 그녀의 목소리와, 검고 긴 머리카락과 젖은 눈빛을 보기 위하여!

스무 살, 몇몇 시 쓰는 친구들과 어울려 《난팔지변(亂筆之辯)》이라는 시동인지를 묶었을 때 내 이름 밑에는 이상의 시를 닮은 온갖 기호들로 가득했었다.

유치환의 〈생명의 서(書)〉를 본 것이 그 즈음이었다. 문학과 부모 중 하나를 택해야만 하는 기로에 서게 됐을 때 너는 어떤 것을 택하겠느냐고 다그치는, 별명이 칸트였던 친구의 소개로 읽은 책에서였다.

그때부터였을 것이다. 나는 오랫동안 입고 다녀 걸레처럼 되어 버린 검은 오버코트를 벗었다. 녹음기를 다시 집 안에 들이고, 슬리퍼 대신 검정색 단화를 신었다. 그리고 여전히 내 속에 엄존하는 거지 같은 자아를 응시하기 시작했다. 나를 응시하는 또 하나의 나를 만들어 낸 셈이었다. 〈생명의 서(書)〉가 나를 그렇게 만들었다.

내 순간순간의 일거수일투족, 심리 상태, 감각과 느낌들을 놓치지 않으려는 또 다른 나를 키우는 일이 은밀하고도 재미있었다. 그 또 다른 나의 시선에 늘 감시당하는 내가 싫지 않았다. 머리를 짧게 깎아 단정해진 내가 여전히 거지 같은 모습의 내면의 나를 이 땅 끝까지 따라가 사찰하며 쓰는 시들이 썩 맘에 들었다. 스스로를 저 끝 모를 무저갱(無低坑)으로 온전히 떠미는 대신, 나를 무저갱으로 떠밀어 놓고 그 추이를 즐기는 또 다른 자아를 느끼면서 '문학'이라는 말을 비로소 터득하게 되었다.

나의 그 무저갱을, 유치환은 아라비아 사막으로 말하고 있었을 뿐이었다. 일체가 모래 속에 사멸한 영겁의 허적에, 그 열렬한 고독 가운데 옷자락을 나부끼고 호올로 서면 대면케 될 '나'와, 그 원시 본연한 자태를 다시 배우지 못하면 어느 사구에 회한 없는 백골을 쪼이리라는 '나'는 분명 하나의 나이면서 다른 나였던 것이다.

문학적 자아가 생기면서 나는 좀 뻔뻔스러워졌을 것이다.

그때 이후로 나는 머리를 기르지 않았으며, 사는 게 여전히 낯설고 어색했지만, 그 낯설고 어색함을 끝없이 글로 써 내는 나는 언제나 책상 앞에 앉은 멀쑥한 모습이었다.

그것이 결코 다른 내가 아니며, 같은 내가 아니라는 오묘한 기쁨이 오늘도 나를 글 쓰게 하는 것은 아닌지. 글과 함께 살다 글과 함께 죽어 버린 이상이 아니라, 글 속에서 살고 죽는 자아를 바위 같

은 허무로 맹렬하게 관찰하고 적어 내려간 기록자로서의 유치환을
나는 더 닮고자 하는 것은 아닌지.

　　모르겠다.

이 세상 의미 있는 것의
아픔을 웅변하는

시를 춤이라고 한다면, 소설은 마라톤일 수가 있다.
아무리 세상의 악을 노래할 수 있는 유일한 매체가
소설이라지만, 그래서 저주 받은 영혼을 가진 자가
소설가라며 푸념도 더러 한다지만,
적어도 〈국화 옆에서〉 앞에 섰을 때 느꼈을 법한
고통이 생각되는 것은 나 혼자만의 생각일까.

서정주 ― 국화 옆에서

김병총

1939년 마산 출생으로, 고려대 철학과 및 동 대학 교육대학원을 졸업하였다. 1957년 고교생의 신분으로
《동아일보》 신춘문예를 통해 등단하였으며, 1974년 《문학사상》 제1회 신인상에 당선되었다. 한국문인협회
소설분과 회장과 《동아일보》 문학동우회 회장, 한국소설가협회 상무이사를 역임하였다. 소설로 《불칼》《내
일은 비》《검은 휘파람》《달빛 자르기》《춤추는 맨발》《사라지는 것은 아름답다》 등이 있다.

국화 옆에서

서 정 주

한 송이의 국화꽃을 피우기 위해
봄부터 소쩍새는
그렇게 울었나 보다

한 송이의 국화꽃을 피우기 위해
천둥은 먹구름 속에서
또 그렇게 울었나 보다

그립고 아쉬움에 가슴 조이던
머언 먼 젊음의 뒤안길에서
이제는 돌아와 거울 앞에 선
내 누님같이 생긴 꽃이여

노오란 네 꽃잎이 피려고
간밤엔 무서리가 저리 내리고
내게는 잠도 오지 않았나 보다

이 세상 의미 있는 것의 아픔을 웅변하는

　　미당(未堂)의 시를 건성으로 노래하듯 읊조릴 때에는 그 의미를 깨달을 겨를이 없어 그냥 평범한 시읽기로 끝나고 만다.

　그러나 해탈의 경지에서 얻고 있는 시인 미당의 영혼세계를 제대로 맞이하는 순간, 나는 위대한 독자로 둔갑한다. 더더구나 〈국화 옆에서〉를 읽을 땐 더욱 그렇다.

　이 시는 우선 네 연으로 구성되어 있다. 즉 기승전결(起承轉結)이란 뜻이다.

　첫째 연을 우선 음독해 보자.

　　한 송이의 국화꽃을 피우기 위해

　　봄부터 소쩍새는

　　그렇게 울었나 보다

　우리는 알고 있다. 국화꽃과 소쩍새는 아무 상관이 없다는 것을. 어차피 국화는 땅에다 뿌리해 피고, 소쩍새는 날개를 휘저어 공중으로 날고 있으니 당연한 대립개념이다.

　그런데도 우리는 왜 아무 거부반응 없이 이 구절을 쉽사리 받아들였는가.

　둘째 연을 살펴보자.

한 송이 국화꽃을 피우기 위해
천둥은 먹구름 속에서
또 그렇게 울었나 보다

　역시 우리는 천둥이 국화꽃과 아무 상관이 없다는 사실을 깨닫는
다. 그러면서도 우리는 그 상관없음에도 불구하고 아주 자연스럽게
그들의 관계를 승인했다. 국화와 천둥이 대립개념이란 걸 알면서도
말이다.
　그렇지만 시에 있어서는 대립개념이 곧 상관관계라는 사실을 우리
는 안다.
　'밤하늘에 별이 반짝인다'고 했을 땐 시적 감흥이 발생하지 않는
다. 아니, 그건 시가 아니다. 당연한 상식이기 때문에.
　'들판에 흐드러지게 꽃이 피었네' 하고 읊어도 이건 시가 아니다.
꽃이란 어차피 땅에서 피고, 별은 구태여 밤하늘에서만 반짝이는 게
상식이니까. 고로, 상식어로 시를 짓지는 않는다는 것이다.
　적어도 '밤하늘에 꽃이 피었네' 라든가 '호수에 별이 앉았다' 라고 했
을 때 비로소 시가 되는 이유는, 상식을 파괴하면서 동시에 대립개념
을 상관관계로 접목시켰기 때문인 것이다.
　결국 시란 반대적인 것을 부닥치게 함으로써 시적 감흥이 일어난다
는 사실을 알 수 있었다. 알고 보면, 이것은 시 작법의 기초인 것으로
배운 바 있다.
　셋째 연으로 가 보자.

그립고 아쉬움에 가슴 조이던
머언 먼 젊음의 뒤안길에서
이제는 돌아와 거울 앞에 선
내 누님같이 생긴 꽃이여

"머언 먼 젊음의 뒤안길"을 내 젊은 날의 고통과 고난의 세월로 암시받는다. 그래서 너무도 슬픈 지난날이지만 나는 자신의 지난날을 성찰하기 위해 거울 앞에 서지 않을 수가 없는 것이다.

그러나 바로 이 대목에서 미당의 천재성을 발견한다.

만일, 내가 거울 앞에 섰다면 거울 속으로는 당연히 내가 보여야 한다. 그러나 미당은 뜻밖의 영감을 얻더니, 나 아닌 타인을 거울 속으로 데리고 들어오는 것이다.

"내 누님같이 생긴 꽃이여" 하는 이 돌연한 반전은 나중에 국화와 내가 교감하기 위한 '나와 타인'의 만남을 준비한다.

여기서 한 번쯤 짚고 넘어가야 할 대목이 있다. 바로 "그립고 아쉬움에"이다.

원래 시를 지을 때 형용사와 부사의 사용을 매우 금기시한다. 이런 유형의 품사에서는 상징성은 말할 것도 없고 이미지 역시 발생하지 않기 때문이다.

그런데도 미당은 그나마도 거푸 "그립고"와 "아쉬움"을 사용했을까.

나는 이렇게 해석한다. 첫째 연에서 둘째 연이 끝나는 구절까지 달려오는 동안 너무나 숨이 찼기 때문에 심지어 무의미 음절로까지 이해시키며, 얼마큼 쉬어 가라는 뜻이 아니었을까.

적어도, 국화와 소쩍새, 국화와 천둥까지 교감되기까지에는 무척 심장에 부담을 느껴 온 것은 사실이다.

반드시 그렇지만은 아닐지도 모른다. 셋째 연의, 젊은 날의 고통스런 과정을 "그립고 아쉬움에"를 통해 둘째 연 끝구절에다 역행동화라는 문법적 구도를 시도한 것인지도 모르겠다.

마지막 넷째 연으로 가 보자.

　　노오란 네 꽃잎이 피려고
　　간밤엔 무서리가 저리 내리고
　　내게는 잠이 오지 않았나 보다.

노오란 네 국화꽃을 피우기 위해 간밤엔 무서리가 내렸다. 이 엄청나게 광폭스런 자연의 소용돌이.

자연의 시련만 있었던 게 아니다. 내게는 잠이 오지 않았던 것이다. 즉 내 불면의 밤을 지새면서, 그 고통은 국화에 투여되고, 결국 자연과 자아가 교감하면서 이 시는 끝났다.

오래전에 나는 이 시에 대한 감상을 이렇게 적은 적이 있다.

"마치 창조의 고통을 느끼게 한다. 이 세상 의미 있는 것의 아픔을 웅변하는 것도 같다. 우주 속에 존재하는 것의 생성원리와 사멸의 법칙까지 인식시켜 주는 시구인 것 같다."

시를 춤이라고 한다면, 소설은 마라톤일 수가 있다. 아무리 세상의 악을 노래할 수 있는 유일한 매체가 소설이라지만, 그래서 저주 받은 영혼을 가진 자가 소설가라며 푸념도 더러 한다지만, 적어도 〈국화 옆에서〉 앞에 섰을 때 느꼈을 법한 고통이 생각되는 것은 나 혼자만의 생각일까.

오래전 나는 차가운
북극에 간 적이 있었다

서정주도 알았을 게다. 바로 여기가 알라스카고
아라비아고 아메리카고 아프리카다. 바로 지금
나는 침몰하고 있다. 마찬가지로 나는
블로끄가 부른 이 노래도 이해할 수 있었다.

김연수

알렉산드르 블로끄 ― 대지 위의 모든 것은

1970년 경상북도 김천에서 태어나 1993년 《작가세계》에 시 〈강화에 대하여〉를 발표하며 등단했다. 장편
소설 《가면을 가리키며 걷기》《7번 국도》《꾿빠이 이상》 등과 소설집 《스무 살》 등이 있다.
작가세계문학상과 동서문학상을 수상했다.

대지 위의 모든 것은

알렉산드르 블로끄

대지 위의 모든 것은 죽어가리라—어머니도, 젊음도,
아내는 변하고, 친구는 떠나가리라.
그러나 그대는 다른 달콤함을 배워라,
차가운 북극을 응시하면서.

그대의 돛배를 가져와, 멀리 떨어진 북극을 향해하라,
얼음으로 된 벽들 속에서—그리고 조용히 잊어라,
그곳에서, 사랑하고 파멸하고 싸웠던 일들……
정열로 가득 찼던 옛 고향땅을 잊어라.

그리고 지쳐버린 영혼을
더딘 추위의 떨림에 길들게 하라,
그곳으로부터 빛이 들이닥칠 때,
여기서 영혼은 아무 것도 필요치 않도록.

오래전 나는 차가운 북극에 간 적이 있었다

지금은 아파트가 빽빽하게 들어섰지만 군 복무를 마치고 다시 서울로 올라왔을 때만 해도 정릉초등학교 앞은 전형적인 달동네 지역이었다. 봉우리 하나에 몇 만 명이 산다고 했으니 선거철만 되면 국회의원 선거 후보자들이 좁은 골목길을 돌아다니느라 꽤나 다리 품을 팔아야 했던 곳이다.

나를 매혹시켰던 풍경은 원래 그 동네에 살았던 선배 시인의 방에서 거의 같은 높이로 바라볼 수 있는 북악 스카이웨이의 밤 풍경이었으나 불행히도 내가 계약한 단칸방은 산 너머에 있어서 책받침만한 창으로는 고작 개척교회 붉은 십자가와 쓰러져 가는 집들밖에 보이지 않았다.

길을 따라 일렬로 쭉 이어진, 속칭 닭집을 소유한 주인은 계약하러 복덕방을 찾은 나를 보자마자 무시했다. 그때만 해도 나는 아직 머리칼도 채 자라지 않은 복학생이었다. 펑퍼짐한 몸매가 영 달동네와 어울리지 않던 집주인은 복덕방 중늙은이의 부러움 섞인 눈초리를 의식하면서 주말에 갤로퍼를 끌고 사냥 다녀온 얘기에 빠져 있었다. 나는 도무지 왜 그처럼 부유한 사람이 달동네에 살아야만 하는지 이해할 수 없었다. 한참만에 집주인은 나를 곁눈으로 바라보면서 말했다.

"자네는 야간대학생인가?"

"아닌데요."

어눌한 표정으로 내가 말했다.

"그럼 일 나가나?"

나는 내가 다니는 학교를 말했다. 집주인은 약간 놀랐다는 듯 눈을 치켜뜨더니 무슨 과에 다니느냐고 물었다. 나는 영문학과라고 말했다. 그 말이 끝나기가 무섭게 집주인의 기세는 잔뜩 수그러들었다. 집주인의 딸이 신입생으로 입학한 과가 바로 그 학교 영문학과였기 때문이다. 집주인이 왜 나를 낮춰봤는지 곧 알게 됐다. 집주인은 그런 곳에 방을 구할 만큼 돈이 없느냐고 물었다.

보증금을 받은 집주인이 나간 뒤에 복덕방 중늙은이가 말했다. 이 동네는 음기가 강한 곳이다. 한번 들어오면 다들 오랫동안 머문다. 언제까지 그 동네에 머물지 나로서는 알 수 없는 일이었지만, 쉽게 떠나지는 못할 것 같다는 생각이 들었다. 하지만 슬프거나 화가 나지는 않았다.

그저 그래야만 한다면 그럴 수밖에 없다고 생각했다. 그날 저녁에 나는 복덕방 아래쪽에 있는 쌀집에서 쌀 반 되를 사서 그 집으로 들어갔다. 마을버스가 지나가는 길에서 새시문을 열고 들어가면 바로 방문이 보이는 그런 집이었다.

그 방에서 나는 투고한 시가 당선됐다는 소식을 들었다. 그 소식이 얼마나 좋았는지 학교에 간 나는 학교식당에서 밥을 먹다 말고 한 1분 정도 큰 소리로 웃었다. 밥을 먹던 아이들이 나를 돌아봤다. 학교 친구들은 내가 등단한 사실도 모르고 있었다. 가끔 집주인의 딸을 만났다. 학교에서도 만났고 월세를 주려고 갔다가 나와 마찬가지이지만 좀더 집처럼 생긴 주인집에서도 만났다. 가끔 월세를 늦게 내는 경우도 있었지만, 집주인은 내게만은 독촉하지 않았다. 그곳에 살면서 나는 집주인 딸의 선배 대접은 톡톡하게 받았지만, 젊은 시인으로서의 대접은 그다지 받지 못했다.

그해 여름, 나는 비를 막느라 비닐포장을 두른 슬레이트 지붕 아래 런닝 차림으로 누워 생각날 때마다 시를 썼다. 대문(이랄 것도 없지만)을 열어 놓았기 때문에 마을버스가 지나가면 자욱하게 인 먼지가 방 안으로 들어왔다. 꼭 길바닥에 누워 있는 느낌이었다. 어쨌건 나는 시를 썼다. 시를 쓰다가 할 일이 없으면 다른 사람들의 시를 읽었다. 그 시절에 잘 읽었던 알렉산드르 블로끄의 시집 이름은 《오, 나는 미친 듯 살고 싶다》였다. 달동네 뜨거운 지붕 아래에 누워 오, 나도 미친 듯 살고 싶었다.

그러던 어느 날 저녁이었던 것 같다. 마을버스에 내건 종착지의 이름은 알프스였다. 나는 그게 무슨 뜻인지 도무지 이해할 수 없었다. 그래서 마을버스 종점까지 가 보기로 했다. 여름이었으니까 문을 열어 놓지 않은 집이 없었다. 사람들은 텔레비전을 보거나 싸움을 하거나 술을 마시고 있었다.

알프스는 10분 정도만 걸어가면 되는 거리에 있었다. 그건 목욕탕의 이름이었다. 사우나도 못 되는, 키 작은 굴뚝의 동네 목욕탕이었다. 실망하지는 않았다. 나는 그 동네에서 진짜 알프스처럼 웅장한 것을 애당초 기대한 적이 없었으니까.

그 목욕탕을 지나 골목으로 조금 더 걸어 올라가니 한 40평 정도 돼 보이는 공터가 나왔다. 삼양동, 국제대학교, 정릉의 풍경이 한눈에 들어오는 공터였다. 공터에는 '쓰레기 무단 투기 금지'라는 표지판과 함께 온갖 쓰레기들이 모여 있었다. 휘어진 철근이나 자동차 문처럼 그 동네에서는 쉽게 상상할 수 없는 물건까지 있었다. 모든 게 여기가 바로 끝이라고 말해 주는 것 같았다. 끝. 더 이상 갈 곳이 없음.

나는 그곳이 꽤나 마음에 들었다. 그제서야 나는 서정주의 다음과 같은 시를 이해할 수 있었다.

애비를 잊어버려,
에미를 잊어버려,
형제와 친척과 동모를 잊어버려,
마지막 네 계집을 잊어버려,
아라스카로 가라 아니 아라비아로 가라

아니 아메리카로 가라 아니 아프리카로
가라 아니 침몰하라 침몰하라 침몰하라!

서정주도 알았을 게다. 바로 여기가 알라스카고 아라비아고 아메리카고 아프리카다. 바로 지금 나는 침몰하고 있다. 마찬가지로 나는 블로*π*가 부른 이 노래도 이해할 수 있었다.

대지 위의 모든 것은 죽어가리라―어머니도, 젊음도,
아내는 변하고, 친구는 떠나가리라.
그러나 그대는 다른 달콤함을 배워라,
차가운 북극을 응시하면서.

그대의 돛배를 가져와, 멀리 떨어진 북극을 향해하라,
얼음으로 된 벽들 속에서―그리고 조용히 잊어라,
그곳에서, 사랑하고 파멸하고 싸웠던 일들……
정열로 가득 찼던 옛 고향땅을 잊어라.

오래전 나는 차가운 북극에 간 적이 있었다. 그곳에는 나의 과 후배의 아버지가 집주인으로 있는 뜨거운 방이 있다. 그곳에는 알프스로 올라가는 마을버스가 다닌다. 그곳에는 더 이상 갈 곳이 없는 철

오래전 나는 차가운
북극에 간 적이 있었다

근이며 자동차 문 따위가 버려진 공터가 있다. 오래전 나는 차가운
북극에 간 적이 있었다. 복덕방 중늙은이는 한번 그 곳에 들어가면
쉽게 벗어날 수 없다고 말하고 있었다.

겨울 이야기

"내가 할 말을 알면서도 그녀는 왜
오고야 마는 걸까" 하는 끝 연이 말해 주는
허를 찌르는 듯한 인생의 수수께끼,
그리하여 저렇게 깊고
고독한 모습으로, 한숨과 흐느낌으로 읊어 대는
이 〈겨울 이야기〉에서 나는 종교보다 더한 위로를 얻는다.

김채원

D. H. 로렌스 — 겨울 이야기

1946년 경기 덕소에서 태어나 이화여대 서양화과를 졸업하였다. 1973년 《현대문학》에 〈밤인사〉로 등단
하였다. 작품집으로 자매집 《먼 집 먼 바다》《초록빛 모자》《달의 몰락》 등이 있다. 1989년 〈겨울의 환(幻)〉
으로 이상문학상을 수상했다.

겨울 이야기

D.H. 로렌스

어제 들판은 오직 흩어지는 눈발로 희부옇더니

지금은 가장 긴 풀잎도 보이지 않는다.

하지만 그녀의 깊은 발자욱은

눈을 덮고 흰 언덕 끝 솔밭을 향해 걸어갔구나.

그녀는 보이지 않는다

안개의 엷은 휘장이 검은 숲과 희미한 유자빛 하늘을 가렸기에

그러나 그녀가 기다리고 있음을 안다.

초조하고 차갑게, 흐느낌 같은 것이 싸늘한 한숨에 스며들면서

피할 수 없는 이별이 더욱 가까워질 뿐임을 정녕 알면서도

왜 그녀는 그렇게 선뜻 오고 마는 걸까.

언덕길은 험하고 내 걸음은 더디다.

내가 할 말을 알면서도

왜 그녀는 오는 것일까.

겨울 이야기

이 시를 어느 잡지에서 보았을 때 가위로 오려 놓았다.

그러다가 시간이 한참 흐른 뒤 무엇을 찾던 중 해묵은 공책 갈피에서 빠져나와 방 안에 굴러다녔다. 무엇인가 하고 주위 읽어 보았고 그리고는 일기장에 스카치테이프로 다시 붙여 놓았다.

〈겨울 이야기〉의 정경은 왠지 모르게 사람의 가슴을 쥐어뜯는다.

가슴을 손 하나가 와서 거머쥐는 것 같다. 내 가슴은 꼼짝없이 그 손에 거머쥐이는 것 같다. 그저 단지 눈 들판 저쪽으로 사라져 간 보이지 않는 여자가 있을 뿐이다. 그리고 눈 들판 저쪽으로 사라져 간 그녀를 쫓아서 험한 언덕길을 더딘 걸음으로 걷고 있는 남자가 있다.

우리는 여기서 벌써, 그러니까 두 남녀의 뒷모습에서 피할 수 없는 이별의 감정을 느끼고 있다.

아니 그보다 첫 연 "어제 들판은 흩어지는 눈발로 희부옇더니"에서부터 이별의 감정이 훅 끼쳐져 오고 있다.

이러한 감상은 우리들 마음속에 이별의 감정이 이미 내재해 있기 때문인지 모르겠다. 우리는 아마도 언제 어디서나 이별을 느끼며 살고 있을 뿐인지 모르겠다.

한 장의 스케치가 저절로 그려진다.

그녀의 발자국만 찍혀 있음에도 그녀의 실루엣이 내게 보인다.

그 여자가 서양여자인지 동양여자인지의 구분은 별 의미가 없다.

저 검은 숲이 동양의 숲인지 서양의 숲인지도. 눈 또한 그냥 자연의 눈인 것은 인간 근원의 감정과 맞닿아 있는 때문이리라.

그녀의 모습은 깊고 고독하다.

그녀의 깊은 발자국은 눈 위를 밟고 지나감과 동시에 심장을 밟고 지나가고 있다. 흐느낌, 싸늘한 한숨, 초조함, 이런 감정이 풍경에 마저 전달되어 풍경 자체가 시름에 빠져 탄식하는 것 같다.

그리고 한 남자가 그녀가 사라져 간 눈 들판 저쪽을 향해 걸어가고 있다. 그는 이별의 말을 하기 위해 힘든 발걸음을 떼어놓고 있다.

그들이 처음 만난 기쁨의 순간은 어떠했을까.

그들은 어떤 식으로 사랑이 싹터 어떤 빛깔로 지속되었을까. 그 기간은 얼마였으며 그리고 왜 이별하는 것일까.

왜 어째서 결국 그렇게 되고 마는 것일까.

이런 의문들은 인생 전반에 대한 의문이기도 할 것이다. 여기에는 해답이 없으며 그저 오직 통과하여 살아 낼 수밖에 없는 불가사의한 삶이 있을 뿐이다.

D.H. 로렌스는 내가 아주 좋아하는 작가다.

그의 에세이는 너무 극명하고 아름다워 읽노라면 숨이 가빠진다.

"미는 일종의 체험이지 그 아무것도 아니다. 미는 감지된 그 무엇이며 절묘함의 만열감(滿悅感)이거나 공감된 절묘감이다. 우리들을 괴롭히는 것은 우리의 미감이 심하게 상처를 입고 둔화되어 있어서 최고의 것을 모두 놓치고 있다는 것이다."

"미란 체험"이라는 이런 정의―이 세상의 삼라만상을 제대로 정돈해 놓으며 세상 저 속에서 정수를 건져 올려놓는 그와 같은 작가가 있기에 우리는 그의 날개 밑에서 이리도 귀한 선물을 얻어 가질 수 있는 것이리라.

우리의 미감이 심하게 상처를 입고 둔화되어 있어서 최고의 것을 모두 놓치고 있다는―

이 말에서 어떤 위안을 느끼며 무릎 꿇고 싶어지지 않는가.

그가 얼마나 드높은 이상에 그의 머리를 두고 있음을 느낄 수 있다. 분명 최고의 어떤 것이 있을 것임에도 적당한 선에서 타협하여 지내고 마는 이 나날의 인생에 대해 갑자기 몸부림치고 싶은 생각이 들기도 한다. 그러고 보면 앞의 시에서 느끼게 되는 감상이란 바로 '공감된 절묘감'인 듯하다.

우리들 저마다 가슴속에 각인되어 있을 스케치.

D.H. 로렌스는 남녀의 사랑에 대해 이렇게 말하고 있다.

"사랑은 현세의 행복이다. 그러나 행복은 완전무결한 완성이 아니라 하나의 상태로 융합하는 과정이다. 그런데 융합이 있으면 반드시 그와 동등한 분산이 있게 마련이다.

사랑에 있어서는 모든 것이 결합되어 환희와 찬미가 일체가 된다. 하지만 이 모든 것들이 이전에 흩어져 있지 않았다면 결합은 이루어질 수 없는 것이다. 일단 완전한 결합이 이루어지고 나면 더 이상 사랑의 진전은 있을 수 없다. 이런 경우에 사랑의 율동은 조류처럼 완성된다. 만조가 있으면 간조가 있어야 한다. 융합은 분리를 전제로 한다."

형제애, 인류, 신을 향한 초월적인 사랑에 대해 그는 극명하게 쓰고 있으나 이 시에 해당하는 남녀의 원초적 사랑, '융합은 분리를 전제로 한다'에 속한 부분일 터이다.

분리가 되고 나면 새로운 융합이 기다리고 있을 것이다.

이별의 아픔으로 소진되어 버리는 것이 아니라 일단 분리된 자아란 새로운 융합을 꿈꾸게 되는 것이리라. 이것이 자연의 이치인가 보다. 우리는 이러한 자연의 이치를 어쩔 수 없이 받아들이는 수밖에 없으며 새로운 솟구침을 꿈꾸며 기다려야 하는가 보다. 그리고 거기에다 구원을 두어야 하는가 보다.

그렇다 한들, 그것을 알고 있다 한들 우리가 갖게 되는 이 정밀(靜謐)한 애착, "내가 할 말을 알면서도 그녀는 왜 오고야 마는 걸까" 하는 끝 연이 말해 주는 허를 찌르는 듯한 인생의 수수께끼, 그리하여 저렇게 깊고 고독한 모습으로, 한숨과 흐느낌으로 읊어 대는 이 〈겨울 이야기〉에서 나는 종교보다 더한 위로를 얻는다.

버려진 자의 사랑노래

나는 신비라는 말을 믿지도 않고 좋아하지도 않지만,
상처가 그 가해자인 세상을 정화시킬 수 있다는 것이
신비가 아니고 무엇이랴. 그리고 이 신비는 얼마나
많은 대가를 요구하는 것인가.

김 훈

김명인 — 김정호의 대동여지도

1948년 서울에서 태어나 고려대 영문과를 졸업하고, 신문기자 생활을 하다가 퇴직하였다. 장편소설로
《빗살무늬 토기의 추억》《칼의 노래》, 산문집 《풍경과 상처》《자전거여행》, 에세이집 《선택과 옹호》《내가
읽은 책과 세상》 등이 있다. 2001 동인문학상을 수상했다.

김정호(金正浩)의 대동여지도(大東輿地圖)

김 명 인

나를 쫓아온 눈발 어느 새 여기서 그쳐

어둠 덮인 이쪽 능선들과 헤어지면 바다 끝까지

길게 걸쳐진 검은 구름 떼

헛디뎌 내 아득히 헤맨 날들 끝없이 퍼덕이던

바람은 다시 옷자락에 와 붙고

스치는 소매 끝마다 툭툭 수평선 끊어져 사라진다

사라진다 일념도 세상 흐린 웃음 소리에 감추며

여기까지 끌고 왔던 사랑 헤진 발바닥의

무슨 감발에 번진 피얼룩도

저렇게 저문 바다의 파도로서 풀어지느냐

폐선된 목선 하나 덩그렇게 뜬 모래벌에는

무엇인가 줍고 있는

남루한 아이들 몇 명

굽은 갑(岬)에 부딪혀 꺾어지는 목소리가 들린다

어둡고 외진 길목에 자식 두엇 던져 놓고도

평생의 마음 안팎으로 띄워 올린

별빛으로 환해지던 어느 밤도 있었다.
희미한 빛 속에서는 수없이 물살 흩어지면서
흩어 놓은 인광만큼이나 그리움 끝없고
마주서면 아직도
등불을 켜고 어디론가 가고 있는 돛배 한 척이 보인다

버려진 자의 사랑노래

〈김정호의 대동여지도〉는 김명인의 첫 시집 《동두천(東豆川)》 속에 들어 있다. 《동두천》은 1979년에 초판이 나왔으므로, 이 시는 시인이 30대 초반 무렵에 쓴 작품이다.

그후 김명인은 여러 권의 시집을 거듭 내면서 멀고도 높은 곳으로 나아갔지만, 나는 여전히 그의 젊은 날의 시집 《동두천》의 시편들을 좋아한다. 지금, 50대 중반의 김명인은 삶의 중압을 어느 정도는 밀쳐 내고서 세상을 단지 바라보는 자의 정신의 힘만으로도 좋은 시를 만들고 있다. 젊은 날의 시집 《동두천》에서, 이 젊은 시인은 세상을 바라보지 않고, 세상의 바닥을 무릎걸음으로 걸어 나간다.

그래서 《동두천》에는 삶의 비애와 고통 그리고 그것들을 회피하지 않고 감당해 내려는 젊은 시인의 감수성이 벌건 상처를 그대로 벌려 놓고 열기를 품는다. 내가 좋아하는 것은 이 상처의 열기이다. 그의 젊은 날의 시집 《동두천》을 읽는 일은 불행하다.

그 시집의 초판이 나오던 무렵에 나는 유신독재 치하에서 신문기자 노릇을 하고 있었고, 시집이 나온 지 며칠 후에, 술 마시던 박정희는 부하의 총에 맞아 죽었다. 그때 나는 서른한 살이었다. 지금 《동두천》은 이 세계에 대한 사랑을 단념할 수 없는 청춘의 울분으로 내 마음에 남아 있다.

젊었을 때 나는 그 시편들 속에서 세상을 맑게 씻어 주는 고통의 힘을 느꼈다. 나는 신비라는 말을 믿지도 않고 좋아하지도 않지만, 상처가 그 가해자인 세상을 정화시킬 수 있다는 것이 신비가 아니고 무엇이랴. 그리고 이 신비는 얼마나 많은 대가를 요구하는 것인가.

〈김정호의 대동여지도〉는 그 제목 속의 주인공인 김정호의 생애를 풍경화한 시이다. 김명인이 그려 낸 풍경화 속에서, 김정호는 세상으로부터 제외되어서 세상의 변방을 더듬고 다니는 모든 소외된 자들의 표상으로 나타난다.

이 시의 제1연이 보여 주는 풍경은 너무나도 막막하고 커서, 시인이 대체 어떤 풍경을 그리려고 하는 것인지 짐작하기 어렵다. 그 풍경은 기댈 곳 없이 막막한, 무인지경의 풍경이다. 김정호는 오래 떠돌아 바닷가에 당도하였다. 거기서 육지는 끝나고, 눈발은 더 이상 김정호를 따라오지 못한다. 시간 속으로 바람이 불어와 소매를 흔들고 목측(目測)은 수평선을 따라잡지 못한다.

아직도 측량되지 않고 관찰되지 않은 바다 위에는 검은 구름 떼가 날고 있다. 이 무인지경의 풍경 속 아득히 먼 곳에서 몇 개의 단어가 떠오르면서, 풍경은 인간 쪽으로 다가온다. 그 단어를 떠오르게 하는 힘은 이 풍경 속으로 떠돌아 들어온 인간의 생애의 힘이다. "헛디뎌 내 아득히 헤맨 날들"의 힘이 이 풍경에 언어를 부여함으로

써 무인지경의 풍경은 인간을 포함한 풍경으로 변한다.

이 시의 1연에서 인간의 생애는 풍경화되고, 다시 그렇게 풍경화된 생애 속에서 풍경이 거꾸로 인간화 된다.

이 막막한 1연에서 나는 시인이 그려 내려는 풍경이 어떠한 풍경인지를 미처 알지 못한 채 생애와 풍경이 서로 스며서 또 다른 풍경을 만들어 가는 전환 앞에서 나 자신의 생애가 풍경에 쓸리우는 것을 느꼈다. 이 전환은 생애와 풍경이 서로 쓸리우고 비벼지면서 상처를 합쳐 감으로써 가능했을 것이다.

나는 그 풍경의 결말을 다 읽지 않더라도, 제1연만으로도 그만 만족하고 싶었다. 제1연의 마지막 행 "스치는 소매 끝마다 툭툭 수평선 끊어져 사라진다"를 읽을 때 나는 시인이 더 이상 시를 이어서 쓸 수는 없을 것이라고 생각했다. 그러나 시는 계속된다.

제2연은 제1연의 마지막 단어인 "사라진다"를 물고 시작한다. 아, 역시 사라진 것은 아니었구나! 나는 안도한다. 그래서 제2연은 제1연이 멀리 페이드아웃(Fade out)되는 곳에서부터 롱샷(Long shat)의 앵글을 들이대면서 열린다. 시인의 렌즈는 멀리서부터 가까이, 그리고 천천히 다가온다. 렌즈는 크게 열려 있다.

제1연에서는 목측으로 가늠할 수 없는 수평선이 "소매 끝마다 툭툭" 끊어져 사라졌지만, 그 사라짐의 꼬리를 물고 제2연에서는 세계의 악과 거기에 비쳐진 인간의 고난이 '파도' 앞에서 소멸한다. 세상의 악이 인간의 고난을 강요하는 까닭은 그 고난을 바쳐야 하는 인간 속에 사랑이 살아 있기 때문이다. 그 고난과 악이 파도 앞에서 모두 소멸하고, 풍경은 다시 비워지는데, 이 빈 풍경 위에 남는 것은 "무엇인가 줍고 있는 남루한 아이들 몇 명"이다.

남루한 아이들 몇 명이 세계의 맨 가장자리에서 무엇인가를 줍고 있는 풍경이 시인이 그려 낸 마지막 풍경이다. 그리고 이 마지막 풍경 속에는 그에 앞선 모든 풍경들이 응축되어 있다. 삶은 쓰라릴수록 경건하다.

제3연은 풍경이라기보다는 앞선 풍경들 속을 통과해 온 인간의 내면고백인 것처럼 읽힌다. 그 내면은 세계로부터 제외된 자가, 그 제외된 운명을 받아들이면서 다시 자신을 제외시킨 그 세계를 향한 반격의 자세를 갖추고 있다. 세상으로부터 제외된 자가 세상의 변방에 서서, 그 세상을 끝끝내 단념하지 않고 있다.

"마주서면 아직도/등불 켜고 어디론가 가고 있는 돛배 한 척이 보인다"로 이 시는 끝난다. 세상으로부터 제외된 자가 아직도 '등불을 켜고' 어디론지 가고 있다. 그리고 그 세상의 변두리 물가에서 남루한 아이들 몇 명이 무언가를 줍고 있다.

대동여지도의 제작자라는 역사적 위상에도 불구하고 고산자 김정호의 생애는 풍문에 불과하다. 그는 자기 자신의 불우와 박해에 관하여 일언반구도 말하지 않았다. 그는 다만 세상의 모습을 목판에 새기기 위하여 세상의 끝의 끝까지 헤매었다. 그는 세상으로부터 철저히도 제외된 자였다. 그렇게 제외된 그가 마침내 세상의 마을과 산과 강과 섬과 바다를 목판에 새겨 넣었다.

김명인의 시는 그렇게 제외된 자의 세상 사랑의 쓰라림을 풍경으로 보여 준다. 그 풍경은 추사의 세한도처럼, 제외된 자의 가파른 이념의 높이를 보여 주는 것이 아니다. 고난의 맨 밑바닥에서 살아 있는 한 줌의 따스함을 보여 준다. 고산자의 대동여지도 목판의 풍경은 김명인의 시의 풍경과 같다. 그것은 제외된 자들이 그려 내는 세상의 모습이다.

나무처럼 늘
외로워 보였다

"시를 쓰듯 소설을 쓰게. 그러면 됐지."
그때는 선생님의 그 말뜻을 알지 못했다.
한참 지나서야 선생님의 그 말을 통해서 문학에 있어서
서정성의 중요함을 깨달을 수 있었다. 그래서 나는
소설을 쓸 때 시인의 눈으로 세상을 보려고 애쓴다.
특히 자연을 묘사할 때 시인의 감성을
최대한으로 살려 보려고 노력한다.

김현승 ― 플라타너스

문순태

1941년 전남 담양에서 태어나 조선대 국문과와 숭실대 대학원 국문과를 졸업했다. 1965년 《현대문학》에 시가 추천되었고, 1974년 《한국문학》 소설 신인상으로 등단했다. 소설집으로 《고향으로 가는 바람》《징소리》《타오르는 강》《시간의 샘물》《그들의 새벽》 등이 있다. 현재 광주대학교 문예창작과 교수로 재직중이다.

플라타너스

김 현 승

꿈을 아느냐 네게 물으면,
플라타너스
너의 머리는 어느덧·파아란 하늘에 젖어 있다.

너는 사모할 줄을 모르나,
플라타너스
너는 네게 있는 것으로 그늘을 늘인다.

먼 길에 올 제,
호올로 되어 외로울 제,
플라타너스,
너는 그 길을 나와 같이 걸었다.

이제 너의 뿌리 깊이
나의 영혼을 불어넣고 가도 좋으련만,
플라타너스,
나는 너와 함께 신이 아니다!

수고로운 우리의 길이 다 하는 어느 날,

플라타너스,

너를 맞아줄 검은 흙이 먼 곳에 따로이 있느냐?

나는 오직 너를 지켜 네 이웃이 되고 싶을 뿐,

그곳은 아름다운 별과 나의 사랑하는 창이 열린 길이다.

나무처럼 늘 외로워 보였다

내가 이성부와 함께 김현승 선생님을 처음 찾아뵌 것은 〈플라타너스〉를 열심히 흥얼거리던 무렵이었다. 광주고 2학년이었던 우리들은, "꿈을 아느냐 네게 물으면,/플라타너스/너의 머리는 어느덧 파아란 하늘에 젖어 있다"로 시작되는 〈플라타너스〉를 노래처럼 큰 소리로 읊어 대고 다녔다. 그렇듯, 우상처럼 생각했던 선생님 댁을 찾아가기로 한 전날, 나는 잠을 이루지 못하고 밤새도록 뒤척였다. 존경하는 시인을 직접 만날 수 있다는 것은 생각만 해도 가슴 설레는 일이었다.

이성부와 나는 충장로 우체국 옆 '전봇대'라는 주점에서 고(故) 박봉우(朴鳳宇) 선배를 미리 만났다. '전봇대'는 박봉우 선배의 단골 주점이었다. 이곳에 가면 언제든지 불콰하게 취한 박봉우 선배를 만날 수가 있었다.

"순태가 대추씨 선생님을 처음 만나뵈러 가는 역사적인 날인디 기념으로 탁주 한 사발 마셔야제."

박봉우 선배는 김현승 선생님을 늘 대추씨라고 불렀다.

《조선일보》 신춘문예에 〈휴전선〉이 당선된 박봉우 시인은 그 무렵 특별하게 하는 일 없이 광주에 있으면서 시 쓰는 후배들을 지도하고 있었다. 박봉우 선배는 광주의 몇몇 고등학교 문예반 학생들을 모아

들로 산으로 데리고 다니면서 시 낭독도 해주고 미니 백일장도 열었으며 자신의 시집 《휴전선》을 상품으로 주기도 했다.

김현승 선생님 댁은 광주 양림동 웃교회 아래턱 언저리에 있었다. 나는 그 동안에 써 모아 둔 시를 노트 한 권에 깨끗하게 정서하여 가지고 갔다. 나와 광고 동급생이었던 이성부는 박봉우 선배를 따라 여러 차례 선생님 댁을 방문했던 터라 찾아가는 길을 잘 알고 있었다. 우렁이 속처럼 좁고 긴 골목을 왜똘왜똘 돌아 자그마한 철대문을 밀고 들어서자 포도넝쿨이 한눈에 들어왔고 스타카토가 분명한 피아노 소리가 집 안에 가득 넘쳐흘렀다. 수피아여고 음악선생인 사모님이 피아노를 연주하는 것이라고 이성부가 귀띔해 주었다.

처음 본 김현승 선생님의 얼굴은 영락없이 과육을 발라 먹고 뱉어 낸 대추씨 그대로였다. 살이 없는 근육질의 얼굴에 크고 우묵한 눈이 무척 깊고 날카로워 보였다. 선생님은 손수 주전자에 물을 끓여 놋대접에 커피를 타 주셨다. 나는 막걸리 마시듯 단숨에 커피 한 대접을 쫙 비웠다. 그러자 선생님은 소리 없이 희미하게 웃었다. 나는 선생님이 큰 소리로 웃는 것을 한 번도 본 일이 없었다.

"그 동안 써 온 시를 가져왔습니다."

나는 노트를 보이며 떨리는 목소리로 조심스럽게 말했다.

"두고 가게."

선생님은 서운할 정도로 간단하게 말했다.

그후로도 나는 이성부와 함께 한 달에 한 번꼴로 시를 쓴 노트를 가지고 선생님을 찾아갔다. 그때마다 선생님은 "더 열심히 쓰게" 하는 말뿐이었다. 선생님은 결코 내가 쓴 시에 대해서 잘잘못을 지적하시거나 시작법에 대한 구체적인 이야기는 하지 않았다.

　그 대신 선생님은 고등학생인 나와 이성부를 데리고 '녹색의 장원'이라고 부르는 수피아여고 뒷산이며, 전남대 농대 숲을 거닐면서 시와 인생에 대한 이야기를 해주셨다. 선생님은 시 쓰는 방법보다 시가 무엇인가 하는 것을 이해시키려고 했던 것 같았다.

　선생님은 특히 전남농대의 플라타너스 숲길을 좋아했다. 어쩌면 선생님은 이 숲길에서 〈플라타너스〉라는 시의 영감을 얻었는지도 몰랐다. 약간 귀족적이면서도 외롭게 느껴지는 플라타너스와, 가까이 다가가기에 너무 어려워 보이기만 한 선생님은 어딘가 닮아 보였다. 플라타너스는 5월의 상큼한 초록빛깔도 핥아 주고 싶을 정도로 좋지만 노랗거나 주황색으로 물들기 시작하여 가벼운 바람에도 떨어져 흩날리는 11월에는 쓸쓸함과 함께 진중한 아름다움을 느끼게 한다. 선생님도 홀로 서 있는 나무처럼 외로워 보였다.

　어느 무더운 여름날이었다. 선생님은 우리를 데리고 금남로 뒷켠 골목 안에 있는 다방으로 갔다. 선생님은 아무리 멀고 후미진 곳이라도, 커피 맛이 좋거나 마담이 이쁜 다방만을 골라 단골로 정하고 찾아다녔다. 이날 선생님은 우리들에게 칼피스를 사 주었다.

"칼피스는 첫사랑 맛이야."

이성부와 나는 선생님의 그 말에 칼피스를 마시며, 아직 경험하지 못했던 첫사랑 맛을 애써 느껴 보려고 했던 것 같다. 상큼하면서도 사이다처럼 조금은 알알하고 톡 쏘는 맛이 있었다.

내가 고등학교를 졸업하던 해, 선생님은 조선대학교에서 서울 숭실대로 옮겼다. 이성부를 비롯 문예반 친구들이 모두 서울로 진학했다. 홀로 광주에 남게 된 나는 너무 외로웠다. 2년을 광주에 홀로 떨어져 있던 나는 선생님 가까이 있고 싶어서 숭실대학으로 전학을 했다. 《숭실대신문》주간을 맡고 있었던 선생님은 내게 대학신문 기자 자리를 만들어 주셨다.

그러나 일 년쯤 후에 아버지가 세상을 뜨자 나는, 틈틈히 쓴 시작 노트를 선생님께 드리고 다시 광주로 돌아오고 말았다. 광주에서 외롭고 곤고한 삶을 살고 있을 때 이성부한테서 전화가 왔다. 선생님이 졸작 〈천재들〉을 《현대문학》에 추천해 주었다는 것이었다.

선생님께서는 궁핍한 살림에 아버지마저 잃고 절망에 빠져 있던 내게 용기를 주고 싶으셨는지 몰랐다. 그러나 나는 신산한 삶의 무게에 짓눌려 한동안 시를 포기한 채 헉헉거리며 생활에 쫓겨 살아야만 했다.

선생님이 세상을 뜨기 전 마지막으로 광주에 오셨을 때였다. 진헌 성내과로 선생님을 찾아뵙는 자리에서 왜 시를 쓰지 않느냐고 꾸짖었다. 나는 소설을 쓰고 싶다고 했다.

"시를 쓰듯 소설을 쓰게. 그러면 됐지."

그때는 선생님의 그 말뜻을 알지 못했다. 한참 지나서야 선생님의 그 말을 통해서 문학에 있어서 서정성의 중요함을 깨달을 수 있었다. 그래서 나는 소설을 쓸 때 시인의 눈으로 세상을 보려고 애쓴다. 특히 자연을 묘사할 때 시인의 감성을 최대한으로 살려 보려고 노력한다.

선생님이 세상을 떠나자, 상가에서 이틀밤을 꼬박 새우고 돌아온 나는 두 달 동안을 심하게 앓아눕고 말았다. 어쩌면 선생님과의 작별이 감당할 수 없는 고통이 되었는지도 몰랐다.

나는 선생님에게서 시 쓰는 방법을 배우지는 않았다. 나는 다만 선생님을 통해서 외로우면서도 단아한, 한 시인의 아름다운 삶을 배웠을 뿐이다. 대학교수에다 유명한 시인이 한갓 시를 공부하는 고등학생을 데리고 다방에 데리고 가서 칼피스를 사 주고, 숲속을 거닐면서 시와 인생을 이야기할 수 있는 그 소박하고 지순한 마음이 때때로 나를 반성하게 한다.

내 땅의 말로 부르는
그에 관한 짧은 노래

나는 이 시를 통해서, 한 시인이 자기 자신을 드러내는
나지막하면서도 강렬한 몸짓을 읽는다.
마치 그의 누드를 보고 있는 느낌이기도 하다.
그리고 그의 이 아름다운 벗은 몸은 전혀 야하지 않다.
요즘은 노래하듯 자꾸 이 시를 입술 위에 올려 읊는다.
정말, 몸이 훈훈해진다.

박기동

신대철 — 사람이 그리운 날 1

1944년 경북 경주에서 태어나 연세대학교 국문과를 졸업했다. 《서울신문》 신춘문예와 《문학사상》 신인
상 중편소설 부분이 당선되어 등단했다. 소설집 《아버지의 바다에 은빛 고기떼》《쓸쓸한 외계인》《달과 까
마귀》, 장편소설 《섬》《달의 집》《모닥불에 바친다》《잎의 여자》 등이 있다.
현재 서울예술대 문예창작과 교수로 재직중이다

사람이 그리운 날 1

잎 지는 초저녁, 무덤들이 많은 산(山) 속을 지나왔습니다. 어느 사이 나는 고개 숙여 걷고 있습니다. 흘러 들어온 하늘 일부는 맑아서 사람이 없는 산 속으로 빨려듭니다. 사람이 없는 산 속으로 물은 흐르고 흘러 고요의 바닥에서 나와 합류합니다. 몸이 훈훈해집니다. 아는 사람 하나 우연히 만나고 싶습니다.

무명씨(無名氏),
내 땅의 말로는
도저히 부를 수 없는 그대……

내 땅의 말로 부르는 그에 관한 짧은 노래

이야기 하나.

대학에 입학하여 한 학기가 다 지나도록 우리는 그가 우리가 속한 국문학과의 학생이라는 것을 몰랐다. 그는 혼자 노는 아이였다. 시 쑵네 하고 어깨에 힘 팍팍 주고 다니던 우리들 치기만만했던 자칭 문학 청년들을 그는 거들떠보지도 않았다. 그의 그런 태도가 우리들의 자존심에 상처를 입혔다.

가끔 연세대학교 문과대학 뒷산, 청송대 숲길을 혼자서 돌아다니는 그의 모습을 우리들은 약간은 비틀린 심사로 삐딱하게 바라보고만 있었다. "철학과 아냐?" 우리들 중의 누군가가 그런 소리를 했고, 그러자 우리들 모두는 그가 정말 철학과 학생인 듯한 생각이 들었다.

가을 학기에 접어들면서 1학년들끼리 시 동인 모임을 만들자는 얘기가 나왔다. 예닐곱 명이 모여서 멤버를 고르는 중에 그의 이름이 튀어나왔다. 그러자 또 우리들 중의 누군가가 가롯대를 지르며 볼멘소리를 했다. "걘 빼!" 어느 누구도 이의를 달지 않았다. 제 잘난 체하기를 좋아해서 거의 건건마다 중구난방으로 의견이 달랐던 그 시절 그 교실에서 우리들이 참으로 명쾌하게 의견의 일치를 본 드문 순간이었다.

이야기 둘.

1974년 봄으로 기억된다. 그때 그는 이화여자고등학교의 국어 강사로 나가고 있었고 나는 이화여대 부속중학교의 교사로 일하고 있었다. 수업을 마치고 교무실로 들어서면서, 내 자리에 앉아 있는 그를 보았다. 불쑥 "그냥 널 보러"라고 그가 말했던 것 같다. 그리고 "너 왜 소설 안 써?"라고 물었던 것도 같다. 나는 그가 그렇게 예고 없이, 그것도 오래 소식 없다가, 마치 어제 만났다 미진해서 오늘 다시 찾은 친구처럼 그렇게 천연덕스럽게 찾아 준 것에 내심 놀라고 감격까지 하고 있었다.

그러면서 또 한편, 신춘문예에 소설이 당선되고 세 해가 지나도록 그저 먹고 살기에 바빠서 소설 쓰는 일과는 까마득히 담을 쌓고 지내던 나로서는 그의 그런 말이 무작정 유쾌할 수만은 없었다. "애들하고 노는 일이 소설 쓰는 일보다 훨씬 재밌잖아?" 거짓말이었다.

그 일로 그와 나는 연결되었다. 거의 매일이었다. 무엇이 그와 나를 그렇게 얽어 놓았는지 알 수 없었다. 동료 교사와 언짢은 일이 있었던 어느 날 술을 마시고 그를 전화로 불러내어 나 좀 살려 달라고 매달리면서 엉엉 울었던 기억이 난다. 그때는 그가 마치 형님처럼 크게 보였다. 사실은 그런 내가 부끄러웠다. 나는 그 전에도, 또 그 후에도 술 취해서 엉엉 운 적은 단 한 번도 없었다. 그러니까 그는 취중의 내 눈물을 본 유일한 목격자가 되는 셈이다.

이야기 셋.

그의 첫 시집《무인도를 위하여》가 출판되었을 때 사실 나는 배가
좀 아팠다. 배 아픈 채로 둘이 함께 청계산으로 놀러 갔다. 소주를
마시고 산속 나무 밑에서 설핏 잠이 들었는데 그가 나무 위로 올라
가 노래를 부르기 시작했다.

그의 목소리는 대학 시절 음악대학 건물 옆을 지날 때마다 들리던
테너 가수들의 목소리와 닮았다. 해가 지고, 오슬오슬 추워 오는데
그는 거의 두어 시간이 지나도록 엉덩이를 나뭇가지에 걸치고 앉아
노래만 부르는 것이었다. 놀랍고 신기하고, 한편 그가 무섭기도 했
다. 그의 시 〈자연(自然)〉 중의 소년의 모습을 생으로 보고 있는 것
도 같았다.

산(山)꼭대기에 걸려 출렁거리는 무지개 위에 맨발로 서서 건넛산
을 향해 외치는 소년의 들뜬 목소릴 듣고
저도 모르게 대답하다
툭 꽃망울이 터진 노루발풀

그가 첫 시집을 내고 왕성하게 시작 활동을 펴던 시절 누군가가
모 문예지에 그의 시작 태도를 두고 비난하는 내용의 글을 실은 적
이 있었다. 그 내용을 거칠게 요약하면, 이 어둡고 힘든 시절에 고

통받고 힘겨워하는 사람들은 제쳐 두고 산에서만 놀아서야 되겠느냐는 지적이었다. 그 글이 발표되던 때 그는 미국 아이오와대학의 창작 프로그램에 참가중이었고, 그 반론의 기회가 자연스럽게 나에게로 돌아왔다.

산에 사는 나무 한 그루가 종로 거리로 오면 어떻게 될까? 당신이 그를 부르면 그가 아닌, 한 그루의 나무가 당신 앞으로 걸어올 것이고, 우리들의 진정한 용기는 바로 한 그루의 나무를 한 그루의 나무로 싱싱하게 서 있게 하는 것이 아니겠는가?

대충 그런 식으로 반론을 폈던 것 같다.

이야기 넷.

그는 칠갑산(七甲山) 소년이다. 그의 부친께서 칠갑산 중턱에서 염소를 놓아 길렀는데, 그의 이력서에는 나와 있지 않지만 짐작하건대 아마도 그 역시 그 산 중턱에서 염소 떼랑 섞여서 방목된 이력을 가지고 있지나 않았을까? 겨울 초입에 그의 아버지의 집을 찾아가면, 매운 산바람이 쌩쌩한데, 산에서는 왜 그렇게 일찍일찍 밤이 서둘러 찾아오는지?

그는 나를 끌고 건초 냄새 가득한 염소 우리로 간다. 우리 안은 보일러를 안 깔아도 여간 훈훈한 게 아니다. 건초 위로 몸을 눕히고 잠을 청하는데 그가 어린 염소 새끼 한 마리를 내 가슴에 안겨 준다. 보드랍고 따뜻한 것. 바람 소리는 스테레오로 들리는데, 그 밤 내내 그와 나는 어린 염소의 여린 숨소리, 알음알음 앓는 듯한 잠꼬대를 듣는다. 그리고 그 어린 염소의 꿈까지도 디지털 영상 화면처럼 들여다본다.

이야기 다섯.
〈사람이 그리운 날 1〉은 그에 대한 내 기억의 총량(總量)이다. 그리고 그 기억은 이미 스무 해도 전인 그해 겨울 그 건초 냄새 가득했던 칠갑산 6부 능선쯤 염소 우리에서 묵었던 하룻밤 사이에 완성되었다.

그러므로 그 이후의 다른 기억들은 모두 사족이다. 나는 이 시를 통해서, 한 시인이 자기 자신을 드러내는 나지막하면서도 강렬한 몸짓을 읽는다. 마치 그의 누드를 보고 있는 느낌이기도 하다. 그리고 그의 이 아름다운 벗은 몸은 전혀 야하지 않다. 요즘은 노래하듯 자꾸 이 시를 입술 위에 올려 읊는다. 정말, 몸이 훈훈해진다.

비극적 상황과
감정의 절제

가슴속에서 들끓는 감정들을,
원한도 분노도 회한도, 지그시 눌러 그대로 가두어 두고,
새어 나오는 탄식까지도 되삼키면서,
자신의 심경을 꽃잎을 띄워 혼자 술을 드는
사소한 몸짓으로 묘사함으로써 빗겨 드러냈다.
그런 절제 덕분에 이 시 속엔 큰 힘이 고여 있다.

복거일

김신윤 — 경인중구(庚寅重九)

1946년 충남 아산에서 태어나 서울대 경제학과를 졸업했다. 1987년 소설집 《비명을 찾아서》로 등단했으며, 소설집 《비명을 찾아서》《높은 땅 낮은 이야기》, 시집 《오장원의 가을》《나이 들어가는 아내를 위한 자장가》, 산문집 《아무것도 바라지 않는 죽음 앞에서》 등이 있다.

경인중구(庚寅重九)

김 신 윤(金莘尹)

輦下干戈起
殺人如亂麻
良辰不可負
白酒泛黃花

경인년의 9월 9일

서울에서 무사들이 일어나
사람들을 얽힌 삼처럼 죽였다.
그래도 좋은 시절을 그냥 버릴 수 없어
흰 술에 노란 꽃잎을 띄운다.

비극적 상황과 감정의 절제

　김신윤(金莘尹)의 〈경인중구(庚寅重九)〉는 시인의 감정이
절제된 시다.

　이 시의 배경은 고려 의종(毅宗) 때 일어난 '정중부(鄭仲夫)의
난'이다. 경인년(1170년) 8월 30일에 왕과 문신들의 박대와 멸시를
받던 무신들이 정중부를 중심으로 정변을 일으켜 문신들을 모조리
죽이고 왕을 폐해서 귀양 보낸 것이다. 김신윤(金莘尹)은 문신이었
는데, 평소에 무신들을 잘 대접했다.

　그래서 동료 문신들이 모두 참혹하게 죽을 때, 그는 그를 아낀 무
신의 도움을 받아 가까스로 살아 남았다. 그 참혹한 정변이 아직 제
대로 마무리되지 않았는데, 고려 때엔 큰 명절이었던 중구를 맞아,
그가 혼자 술을 들면서 읊은 시다.

　이 시에선 시인의 감정이 절제되어 거의 드러나지 않는다. 무신들
의 피를 뿌리는 정변의 모습을 단 두 줄로, 그것도 중립적인 태도로
묘사하고서, 명절을 맞아 막걸리에 국화 꽃잎을 띄우는 자신의 모습
을 메마른 목청으로 담담하게 그렸다. 가슴속에서 들끓는 감정들을,
원한도 분노도 회한도, 지그시 눌러 그대로 가두어 두고, 새어 나오
는 탄식까지도 되삼키면서, 자신의 심경을 꽃잎을 띄워 혼자 술을

드는 사소한 몸짓으로 묘사함으로써 빗겨 드러냈다. 그런 절제 덕분에 이 시 속엔 큰 힘이 고여 있다. 이 시를 처음 읽었을 때, 나는 그 힘에 놀라 멈칫했었다. 무심코 고압선에 가까이 갔다가 흠칫 놀라서 물러서듯.

한시들 가운데엔 이렇게 절제된 시들이 많다. 짧고 엄격한 시 형식에 시상을 담아냈기 때문에 그럴 것이다. 특히 단 네 줄로 시상을 다 드러내야 하는 절구(絕句)들에 그렇게 감정이 절제되어 속에 힘이 응축된 작품들이 많다.

그런 작품들 가운데 내가 깊은 감명을 받은 작품으로는 조선 중기의 명신 박엽(朴燁)의 〈창성(昌城)〉이 있다.

延平嶺下是昌城
殺氣連天鼓角鳴
敗馬殘兵歸不得
夕陽無限大江橫

연평령 아래 바로 창성,
살기는 하늘에 닿았고 북과 피리가 운다.
패한 장수들과 살아남은 병사들은 돌아오지 못하는데,
저녁 햇살은 큰 강에 끝없이 빗긴다.

이 시의 배경은 17세기 초엽 광해군 치세에 조선 군대가 후금(後金) 군대에게 패해서 항복한 사건이다. 흥기한 후금에게 밀리던 명(明)이 조선에 원군을 요청하자, 조선은 오도도원수 강홍립(姜弘立)으로 하여금 군대를 이끌고 명군을 돕도록 했다. 1618년 10월 평안도 창성에 이른 조선군은 이듬해 2월에 1만 명 가량이 압록강을 건넜고 3월에 부차(富車) 전투에서 후금군과 싸워서 참패했다.

박엽(1570~1623)은 여러 지방의 수령을 지내면서 큰 업적을 쌓아서 명성이 높았다. 그는 원래 문신이었지만, 함경도와 평안도의 수령을 지낼 때는 점점 강성해지는 여진족의 세력을 경계해서 국경의 수비를 강화했었다. 강홍립이 이끈 군대가 압록강을 건널 때, 그는 평안도 감사였고, 강홍립이 후금에 항복한 뒤 후금이 국서를 보내오자, 조정에선 그의 이름으로 답서를 보냈던 만큼, 부차 전투는 그에겐 특히 큰 충격이었을 것이다.

그러나 그의 시엔 그런 감정이 거의 드러나지 않는다. 그는 패전의 충격, 적군에게 사로잡힌 장병들에 대한 걱정, 정세에 대한 불안, 그리고 삶의 덧없음을 큰 강에 빗기어 떨어지는 햇살을 묘사한 마지막 구절에 응축시켰다. 이렇게 절제된 표현은 이 시를 힘이 넘치는 절창으로 만들었다.

우리 한시의 전통에선 큰 역사적 사건을 사실적으로 그린 작품이 드문 터라, 마른 목청으로 비극적 사건을 사실적으로 읊은 〈창성〉은 문학적 성취에서도 두드러진다.

아쉽게도, 요즈음 우리 사회에선 한시가 거의 읽히지 않는다. 한시를 쓰는 전통은 실질적으로 끊긴 지 오래되었다. 한자에 익숙한 사람들이 빠르게 줄어들고 있으므로, 앞으로 한시의 독자들은 더욱 줄어들 것이다. 우리 시의 전통에서 개항 이전엔 한시가 주류였음을 생각하면, 이것은 여러모로 큰 손실이다.

저승에서 이승을 바라보다

들도, 흙냄새 나무 빛깔도, 패랭이꽃도, 모두 이승이란
같은 공간에 있지만, 육체의 너울을 벗고 있는,
그래서 아주 벗어 버린 넋의 상태에서 바라보는
패랭이꽃은 저승 쪽에서 바라본 이승의 꽃이다.
시 〈패랭이꽃〉은 앞에 있어도, 빗겨가도,
어찌하랴 할 수밖에 없는 사랑,
아름다움인 내 안의 내생의 꽃이기도 하다.

서영은

김동리 — 패랭이꽃

1943년 강원도 강릉에서 태어났고, 1968년 《사상계》에 단편 〈교(橋)〉가 입선, 1969년 《월간문학》에 단편
〈나와 나〉가 당선되었다. 중단편전집 《사막을 건너는 법》《타인의 우물》《시인과 촌장》《먼 그대》《꿈길에서
꿈길로》 5권과, 창작집 《사다리가 놓인 창》, 장편소설 《그리운 것은 문이 되어》《그녀의 여자》 등이 있다.
1983년 〈먼 그대〉로 제7회 이상문학상, 1990년 〈사다리가 놓인 창〉으로 제3회 연암문학상을 수상했다.

패랭이꽃

김 동 리

파랑새 뒤쫓다가
들 끝까지 갔었네

흙냄새 나무 빛깔
모두 낯선 타관인데

패랭이꽃
무더기져 피어 있었네

저승에서 이승을 바라보다

    1967년에 김동리를 만났다. 내 나이 스물네 살 때였다. 그분은 나더러 패랭이꽃 같다고 말했다. 나는 그때 그 말씀이 단순히 나의 어떤 이미지에서 오는 비유인 줄로만 알고 좀 떨떠름했다. '백합이나 장미 같은 꽃도 있는데, 왜 하필 패랭이꽃이람' 했던 것이 속맘이었다.

    내가 처음 접한 그분의 시는 〈연(蓮)〉이었다. 이 시는 《송추에서》라는 소설에서 처음 선보였다. 교수인 작중인물 '나'가 사랑하는 감정으로 은밀히 만나 온 제자 '지희'의 약혼소식을 접하고, 그 인연의 빗겨감을 그냥 바라볼 수밖에 없는 슬픔을 시로 적은 것이었다.

    평론을 하시는 어느 분의 글에는 이 소설 속의 인물 '지희'는 실제인물 아무개라는 내용이 있었다. 그러나 나는 이 소설이 《현대문학》에 발표된 후, 일 년쯤 뒤에 그분을 만났다.

    독자로서 그 시를 처음 접했을 때, 나의 유추 역시 평론가 A씨와 다르지 않았다. 시 속의 '그대'는 물론 제자 '지희'를 의미하고, 제자 지희는 작가가 가슴속에 깊숙이 감춰 두고 있는 실제인물을 모델로 했을 것이라는 추측이었다.

    그 시는 누가 보더라도 그렇게 읽힐 수 있었다.

나무 그늘 얼룩진
가파른 길 위로
그대는 올라오고
나는 내려가고 있네.

이승 저승 어느 승에고
내 밭 갈고 살 제
밀 씨 보리 씨
뿌리는 대로
총총한 별

그대 내 밭에
밀 씨를 뿌리면
내 그대 밭에
별을 흩고
아아, 그대와 나는
누군고

이제 여기서
그대 나를 찾으면
내사 차라리 외로운
연꽃일세

나무 그늘 얼룩진
가파른 길 위로
그대는 내려오고
나는 올라가고 있네

그분을 만난 뒤, 이 시 속의 '그대'의 정체가 점점 내 신경을 쓰이게 했다. 어느 날 나는 그분의 속맘을 떠보았다.

"실제인물이라니? 그런 거 아니다."

그분은 나의 궁금증을 한마디로 일축했다. 나는 더 이상 캐묻지 않았으나 '그대'의 정체에 대한 의문이 속시원히 풀린 것은 아니었다.

어느 가을날 우리는 교외선을 타고 가다 송추에서 내렸다. 그때는 이미 너무 오래 사귄 터여서 '그대'의 정체에 대한 나의 궁금증은 두터운 믿음으로 바뀌어 있었다. 그 나들이가 작품 《송추에서》의 무대를 그대로 재현하고 있다는 것도 미처 느끼지 못했다.

계곡을 끼고 골짜기 깊숙이 들어갔을 즈음, 그분이 걸음을 멈추고 어느 한 방향을 골똘히 바라보았다. 그곳, 산기슭에는 두세 그루의 상수리나무가 띄엄띄엄 흩어져 있을 뿐, 사초가 온통 산기슭을 뒤덮고 있었다. 가을날의 맑은 햇빛이 바람에 살랑거리는 풀들의 군무(群舞)를 신비롭게 비추고는 있지만, 그것이 그렇게 빠져들 만큼 세상에 다시 없는 풍경으로 보이지는 않았다.

그러나 그분은 그 광경을 소설 속에서 이렇게 묘사했다.

……그 너울너울한 줄기와, 좁고 도타운 잎새와, 그 푸르고 희고 신
비한 꽃과, 그 아련한 향기와, 이러한 풀들을 우선 난초라고밖에 무어
라고 부르겠는가. ……그것들이 새빨갛게, 불그스름하게, 샛노랗게,
누르스름하게, 푸르스름하게, 검푸르게 엉겨 있고, 그 밑동엔 갈대를
곁들인 칡과 맹감이 휘감겨 있었다. ……나는 산기슭을 향해 멍하니
서 있었다. 그 풀들을 어떻게 해야 좋을지 몰랐던 것이다. ……이보다
더 엄청난 세계가 나에게 있을 수 있단 말인가. 이것을 두고 돌아서도
좋을 만큼 아름답고 귀하고 값있는 일이 나에게 있을 수 있단 말인가.

이윽고 그분은 걸음을 옮겨 계곡 건너 산기슭으로 향했다. 몇 발
짝 뒤에서 그분을 뒤따르고 있던 나는 어느 결에 걸음을 멈추고 우
뚝 그 자리에 섰다. 갑자기 가슴이 미어지도록 슬픔이 북받쳤다. 내
안에서 솟구친 감정임에도 영문을 알 수 없는 채로 나는 우두커니
서 있었다. 저만치 가고 있는 그분의 뒷모습이 풀에 파묻혀 보이다
말다 했다.

한참 뒤에 내 곁으로 돌아온 그분이 혼잣말로 중얼거렸다.

"나는 이런 풀들이 왜 이렇게 아름답고 좋은지 몰라."

그때 나는 문득 내 슬픔의 이유를 깨달을 수 있었다. 그분과 내가
바라보는 풍경은 같지만, 안쪽의 마음 상태는 병풍의 이쪽 면과 저

쪽 면만큼이나 달랐다. 다른 정도가 아니라, 그분의 시가 말하듯 고개를 두고 "그대는 내려오고" "나는 올라가고 있네"처럼, 윤회의 한 육탈(肉脫)의 차이가 있었다.

그러니까 걸음을 멈추고 계곡 건너 산기슭을 바라볼 때, 그분의 의식의 한 자락은 저승으로 훌쩍 건너가 버렸던 것이다. 그래서 "이런 풀들이 왜 이렇게 아름답고 좋은지 몰라" 했던 것은 저승 쪽에서 바라본 이승의 풍경이요, 느낌이었던 것이다.

그러므로 시 〈연〉에서의 '그대'는, '지희'라는 인물을 지칭한다기보다 주인공 '나' 안에서 저승에 걸쳐져 있는 의식, '나'의 전생이었던 것이다.

송추 나들이에서처럼 이상한 순간은 그 뒤에도 여러 차례 있었다. 결혼을 한 뒤, 나는 그분이 살고 있는 집으로 들어가 살림을 합치게 되었다. 시 〈패랭이꽃〉이 내 생활 깊숙이 스며들게 된 것은 그때부터였다.

안방의 출입문 위엔 나무에 판각된 그분의 시 〈패랭이꽃〉이 걸려 있었다. 나는 그 시 밑을 하루에도 수십 차례 드나들었다.

그분이 나를 패랭이꽃에 비유한 이유를 그 시가 말해 주었다. 세 분절로 된 이 시의 한 분절 한 분절 사이에는 넋이 몸을 벗는 것과 같은 의식의 탈각이 감춰져 있다. 들도, 흙냄새 나무 빛깔도, 패랭이꽃도, 모두 이승이란 같은 공간에 있지만, 육체의 너울을 벗고 있는, 그래서 아주 벗어 버린 넋의 상태에서 바라보는 패랭이꽃은 저 승 쪽에서 바라본 이승의 꽃이다. 그 꽃은 손을 뻗어서 만질래야 만 질 수도 없고, 꺾을래야 꺾을 수도 없기에 영원히 저만치 있을 수밖 에 없다.

시 〈패랭이꽃〉은 앞에 있어도, 빗겨가도, 어찌하랴 할 수밖에 없 는 사랑, 아름다움인 내 안의 내생의 꽃이기도 하다.

실학의 절묘한
칠언절구

오늘 우리들에게 살갗에 와 닿고 뼈에 사무치는 일들을
가령, 이백 년 뒤 우리의 후손들이 수능시험 공부에나
필요한 사건들로 기억한다면 우리의 심사가 어떠할까,
그때 거기서 똑같은 일들이 되풀이되고 있는데도?

서정인

이덕무 ― 벽제점(碧蹄店)

1936년 전남 순천에서 태어나 서울대 영문과를 졸업하였다.
작품집 《강》《가위》《토요일과 금요일 사이》《철쭉제》《붕어》《베네치아에서 만난 사람》《용병대장》, 장편소설
《달궁》《달궁 둘》《달궁 셋》《봄꽃 가을열매》, 중편소설 〈말뚝〉, 산문집 《지리산 옆에서 살기》 등이 있다.

벽제점 (碧蹄店)

이 덕 무 (李德懋)

往往鋤頭觸鐵丸
村娥綴珮愛團團
太平生長那由識
透甲曾成壯士瘢

왕왕 호미머리에 철환이 닿는다.

촌 처녀가 패옥으로 꿰매어 둥근 것을 좋아한다.

태평세월에 나고 커서 어찌 유래를 알랴,

갑옷 뚫고 일찍이 장사의 흉터를 이룬 것을.

실학의 절묘한 칠언절구

나는 내가 좋아하는 시로 예이츠 (W.B.Yeats)의 〈시간의 십자가 위의 장미에게〉 (To the Rose upon the Rood of Time)를 꼽으려고 했다. 그것은 대강 이런 뜻이다.

내 모든 나날의 붉은 장미여, 자랑스런 장미여, 슬픈 장미여!

내게 가까이 오라, 내가 옛날의 방식들을:

쓰라린 조수와 싸우고 있는 쿠훌린을,

퍼거스 주위에 꿈들을 그리고 말없이 파멸을 던진 숲에서 자란,

조용한 눈을 한, 잿빛 드루이드를,

그리고 별들이, 늙어서,

은빛 샌들을 신고 바다 위에서 춤추면서

그들의 높고 외로운 가락으로 노래하는 네 자신의 슬픔을, 노래하는 동안에.

가까이 오라, 더 이상 인간의 운명에 의해서 눈멀지 않게 되어

내가 사랑과 미움의 나뭇가지들 아래에서,

하루를 사는 모든 가난하고 어리석은 물건들에서,

제 길을 떠돌고 있는 영원한 아름다움을 발견하도록.

가까이 오라, 가까이 오라, 가까이 오라—

아, 장미 숨결이 채우도록 작은 공간을 나에게 여전히 남겨라!

내가, 열망하는 보통 물건들을,

제 작은 구멍으로 숨는 약한 벌레를,

풀밭에서 내 곁을 달려가는 들쥐를,

애쓰고 사라져 가는 무거운 인생의 희망들을,

더 이상 듣지 않고,

신에 의해서 오래전에 죽은 자들의 밝은 가슴들에게 말하여진 이상한 물건들을 듣는 것만 추구하고,

사람들이 알지 못하는 말을 노래 부르는 것을 배우지 않도록.

가까이 오라, 나는 나의 시간이 가기 전에,

오래된 에이레와 옛날 방식들을 노래하려 한다,

내 모든 나날의 붉은 장미여, 자랑스런 장미여, 슬픈 장미여.

Red Rose, proud Rose, sad Rose of all my days!

Come near me, while I sing the ancient ways:

Cuhoollin battling with the bitter tide;

The Druid, gray, wood-nurtured, quiet-eyed,

Who cast round Fergus dreams, and ruin untold;

And thine own sadness, whereof stars, grown old

In dancing silver sandalled on the sea,

Sing in their high and lonely melody.

Come near, that no more blinded by man's fate,

I find under the boughs of love and hate,

In all poor foolish things that live a day,

Eternal beauty wandering on her way.

Come near, come near, come near — Ah, leave me still

A little space for the rose-breath to fill!

Lest I no more hear common things that crave;

The weak worm hiding down in its small cave,

The field mouse running by me in the grass,

And heavy mortal hopes that toil and pass;

But seek alone to hear the strange things said

By God to the bright hearts of those long dead,

And learn to chaunt a tongue men do not know.

Come near; I would, before my time to go,

Sing of old Eire and the ancient ways:

Red Rose, proud Rose, sad Rose of all my days.

쿠홀린은 에이레의 전설적인, 또는 신화적인 영웅이고, 퍼거스는 그곳 옛날 왕이고, 드루이드는 옛날 켈트족의 사젠데, 스승과 마법사와 예언가를 겸했던 모양이다. 내가 이 시를 포기한 이유들 중의 하나는 그것의 소리의 아름다움을 옮길 수 없었기 때문이었다. 그것은 한 연이 열두 줄로 되어 있는데, 각 줄이 약강오보격으로 음률이 되어 있고, 운은 두 줄씩 짝을 짓는 이행연구로 되어 있다.

이덕무의 전통적인 절구는 일, 이, 사 행에 운이 떨어진다. 그것도 뜻과 소리가 아름답다.

왕왕 호미머리에 철환이 닿는다.
촌 처녀가 패옥으로 꿰매어 둥근 것을 좋아한다.
태평세월에 나고 커서 어찌 유래를 알랴,
갑옷 뚫고 일찍이 장사의 흉터를 이룬 것을.

두보의 시가 연상된다. 전쟁과 백성의 피폐와 정치의 무능과 포학에서뿐만 아니라, 추상적인 것의 구체적인 붙잡기와 나서지 않고 냉혹하게 바라보기에서도 그렇다. 애란 시인의 시도 즉물감을 주지만, 조선의 시인은 감정을 감추고 물건을 보여 주는 데에서 더 철저하다. 매향리의 처녀들은 철환이 아니라 폭탄 껍데기라 장신구 만들기에는 조금 크겠다. 나는 전에 어느 고아원에서 포탄 탄피를 거꾸로 매달아서 시간을 알리는 종으로 사용하는 것을 보았다.

벽제관은 임란 때 격전지다. 달아나는 왜군을 추격하여 섣불리 섬멸하려다가 명군이 대패한 곳이다. 왜군이 칠만, 명군이 사만이었다고 한다. 그로부터 이백여 년이 흘러간 다음, 연경을 오매 가매 지났던 고양군 벽제 고개의 무심한 초목들을 그냥 보아 넘기지 않고 형암(炯庵)이 이 시를 썼다. 그로부터 또 이백여 년이 지난 오늘, 우리들이 이 시를 읽는다. 우리에게나 그에게나 임진난리는 추상명사였다. 그는 우리와는 달리 그것을 먼 옛날의 한 사건으로 받아들이지 않았다. 오늘 우리들에게 살갗에 와 닿고 뼈에 사무치는 일들을 가령, 이백 년 뒤 우리의 후손들이 수능시험 공부에나 필요한 사건들로 기억한다면 우리의 심사가 어떠할까, 그때 거기서 똑같은 일들이 되풀이되고 있는데도? 나는 아정(雅亭)에게 미리, 아니, 뒤늦게, 고마워해야 한다고 생각한다.

우리 세대는 전쟁 속에서 자랐다. 나의 중학교 동기생 중 하나는, 나중에 언론인이 되어서 활동을 했는데, 그때 쇠관을 쇠톱으로 잘라서 권총을 만들어 가지고, 흔해 빠진 탄알을 장전해서 발사 시험을 하려고, 우선 손쉬운 대로 왼손 손바닥 복판에다 대고 방아쇠를 당겼다. 그 아해는 지금도 손바닥에 그때의 상흔을 가지고 있을 것이다. 사실, 폭탄이나, 포탄이나, 수류탄 정도는 몰라도, 소총 총알 정도야 우리들의 그때 노리개 감이었다. 나는 총알로 열쇠고리

추를 만들지는 않았지만, 탄피와 총알과 장약을 분리해서 화약은 성냥불을 켜대서 지지지직 하고 태웠고, 탄피는 뒤꽁무니를 못으로 때려서 폭파했고, 도토리 알 같은 총알은 가지고 놀았다. 그것은 그렇게 신기하지도 않았다. 그때 총알들은 지천으로 흔했다.

하나 궁금한 것이 있다. 어째 관을 점이라고 했을까? 우리의 후손이, 만일 쓴다고 하면, 매향리를 매향동이나 뭐 그 비슷한 뭐라고 할까, 그 지명에 새로운 뜻을, 옛 것과 함께, 주기 위해서?

이산하, 통곡하는 사랑

언젠가 그가 한 말을 생각한다.
"니 소설은 말이지. 깡통으로 치면 한쪽에만 구멍이
뚫린 기야. 깡통 위에 양쪽으로 탁, 탁
구멍을 내줘야 술술 풀리는 거라……"
그의 〈사랑〉을 다시 읽으며 문득
벽을 치며 통곡하고 싶어진다.

이산하 — 사랑

서하진

경북 영천 출생으로, 경희대학교 국문과 및 동 대학원을 졸업하였다. 1994년 《현대문학》으로 등단하였으며, 창작집 《책 읽어주는 남자》 《사랑하는 방식은 다 다르다》 《라벤더 향기》를 펴냈다.
현재 인천 재능대학 문예창작과 교수로 재직중이다.

사랑

망치가 못을 친다.
못도 똑같은 힘으로
망치를 친다.

나는
벽을 치며 통곡한다.

이산하, 통곡하는 사랑

　　시인 이산하는 나의 대학 동기다. 동기이지만 그와 함께 수업을 받아 본 기억은 거의 없다. 내가 학교에 다닐 때 그는 다른 일로 부재중이었고 그가 학교에 얼굴을 내밀 즈음 나는 또 다른 일로 바빴다. 학교에서 그를 본 것은 대학원에 다니며 학과의 조교로 일하던 때였다.

　　복학한 2학년. 깡마른 얼굴의, 심한 남도 사투리를 쓰는 이산하와 나는 몇 번인가의 술자리에서 어울렸지만 우리들 사이에는 아무런 공통의 화제가 없었다. 낯이 익을 무렵 나는 결혼과 함께 미국으로 떠났고 오랫동안 보지 못한 사이 나는 그를 까맣게 잊었다.

　　서울로 돌아온 후 나는 졸업과 출산과 입학을 한 해 걸러 해치우느라 거의 미친 듯이 바쁘게 살았다. 다른 이들의 눈을 조금 시간을 두고 바라보는 일, 누군가와 차를 마시며 "그래, 그랬니?" 하며 이야기를 나누는 일은 첫 창작집을 내고 학위논문을 마무리 지은 96년 이후에나 가능했던 것 같다.

　　그 무렵 이산하의 거처는 서교동의 작은 오피스텔이었다. 그의 작업실 겸 거주 공간인 그 방은 몹시 지저분했다. 침대인지 소파인지 모호한 가구 위에는 신문이 수북했고 무슨 작업을 하는 것 같지도 않은 컴퓨터는 항상 켜져 있었으며 재떨이마다 꽁초가 가득했다. 그렇거나 말거나 나는 그 공간이 턱없이 부러웠다.

　그때 나는 무엇보다 글 쓸 장소가 절실히 필요한 처지였다. 그가
끓여 준 달디단 커피를 마시며 나는 벽을 메운 책들을 훑어보는 척,
그의 딸아이의 사진을 유심히 바라보는 척하면서 몇 살이냐, 참 똑
똑하게도 생겼다, 묻기도 했지만 정작 내 관심은 그가 하루 중 단
몇 시간만이라도 내게 책상 한 귀퉁이를 빌려 줄 수 있는가 하는 것
이었다.

　그러나 나는 끝내 그에게 그 말을 꺼내지 못하고 말았다. 이산하
가 혼자 있는 적이 드물었기 때문이었다. 그의 방에서 나는 소설가
누구, 시인 누구, 편집자 누구와 인사를 하고 기억나지 않는 이야기
들을 나누었다.

　어쩌다 혼자 있는 날, 그는 내가 알고, 모르는, 소설과 시와 문단
의 이런저런 이야기를 하느라 도무지 내게 틈을 주지 않았다. 그의
이야기를 듣고 있노라면 나라는 사람이 얼마나 무지한지, 얼마만큼
한정된 세계에서 살고 있는지에 대해 심각한 깨달음이 일었으며 매
번 나는 반성하는 마음으로 그의 방을 나와야 했다.

　그 말을 꺼내지 못한 또 다른 이유는 내게 있었다. 나는 누군가에
게 아쉬운 소리를 하거나 무언가를 바라는 표정을 짓는 일에 서투른
편이었다. 바라는 일이나 바라는 사람이 생기면 오히려 그런 것 따
위는 아무래도 상관없다, 하는 도도하고 차분한 얼굴이 되는, 이른

바 내숭 체질.

  방을 빌릴 것을 포기하고, 그리고 역삼동 다른 이의 작업실에 책
상 하나를 얻은 이후에도 이따금 나는 이산하를 찾아갔다. 내가 만
나지 못하는 이런 저런 사람들의 소식이 궁금할 때, 혹은 소설이 도
무지 안 써지는 날, 혹은 어딘가에 지원서류를 내고 돌아오는 길
에…….

  이산하는 변함없는 다변으로 다양한 소식통이자 엄한 비판자 역할
을 해주었다. 그는 대체로, 지금 내가 하는 이야기는 정말로 중요하
다, 너 한마디도 놓치지 마라, 하는 눈으로 나를 보면서 차분하고
진중하게 이야기를 하는데 그렇다고 해서 그 이야기들이 언제나 의
미심장한 것은 물론 아니었다. 특별한 점이 있다면 몇 시간을 이야
기해도 다른 이의 험담을 하지 않는다는 것 정도. 그 애 괜찮아,
응, 걔 시 잘 써, 그 형 진짜 똑똑한 사람이야…….

  "두 번째 창작집을 낼 때 책 제목 좀 뽑아 줄래?" 하고 건성으로
부탁했던 나는 며칠 후 그의 전화를 받고 엄마나, 싶었다. 그는 열
개 쯤의 제목을 불러 주고 각각의 의미와 장단점, 연결 고리, 이미
지, 등등을 오랫동안 공들여 설명했다. 그가 소설 전부를 꼼꼼히 읽
었다는 뜻이었다.

  어느 날 서교동에서 나는 이산하의 시집을 받았다. 그는 조금 상
기된 표정이었다. 갈치회와 갈칫국과 갈치조림을 먹고 돌아오는 길,

이산하, 통곡하는 사람

예의상 펼쳐 본 그의 시집에서 나는 충격을 받았다. 망치가 못을 친다, 못도 똑같은 힘으로 망치를 친다, 나는 벽을 치며 통곡한다……. 어쩌면 이리도 아픈 '사랑'이랴, 싶었다. 어느 날부터 갑자기 악몽이 사라졌다……. 난 이미 죽었는지도 모른다, 하는 〈악몽〉을 읽고는 가슴이 저렸다. 시는 짧고 날카롭고 정확했다. 악몽이 사라지는 것이 오히려 두려운 일임을 그는 잘 알고 있었다.

그의 시집에는 잘 읽히는 시와 잘 안 읽히는 시가 절반씩 있다. 머리가 아픈 날 나는 잘 읽히는, 그래서 내 가슴을 아프게 하는 시를 읽는다. 정신이 맑은 날에도 역시 잘 읽히는 시를 읽는다. 모처럼 맑은 머리를 아프게 할 것이 겁나서. 이산하의 시가 담고 있는 세계를 생각하면 아직까지 나는 어린아이에 불과하다.

언젠가 그가 한 말을 생각한다. "니 소설은 말이지, 깡통으로 치면 한쪽에만 구멍이 뚫린 기야. 깡통 위에 양쪽으로 탁, 탁 구멍을 내줘야 술술 풀리는 거라……." 그의 〈사랑〉을 다시 읽으며 문득 벽을 치며 통곡하고 싶어진다.

강한 영상을 떠올리게 하는 바닷가의 묘지

발레리는 시를 통해 의식의 명확한 추구를 시도하였으며
〈해변의 묘지〉가 바로 그 대표적 예다.
그는 전 생애를 통해 생각해 온 문제를 의식의 불빛 아래서
엄격하게 규제하고 제어하여 접근한 것이다.
그에게 있어 그의 인간됨을 가장 높이 끌어 올리는 것은
이 의식의 명료성에 의한 것이다.

폴 발레리 — 해변의 묘지

손장순

1935년 서울에서 태어나 서울대 불문과를 졸업하고 소르본느 대학원에서 수학했다. 1958년 《현대문학》으로 등단하였으며, 장편소설 《한국인》《공지》《세화의 성》《야망의 여자》《돌바람》《물 위에 떠있는 도시》 등과, 중편소설 《불타는 빙벽》《절규》《그가 추구하는 것은 어디에 있는 것인가》 등이 있다. 그 밖에 창작집 《대화》《도시일기》《두 개의 얼굴》 등과 《이룰 수 없는 서원(誓願)》 등 3권의 칼럼·수필집이 있다. 한국여류문학상 한국펜클럽 소설문학상을 수상했다.

해변의 묘지

폴 발레리

비둘기들 노니는 저 고요한 지붕은
철썩인다. 소나무들 사이에서, 무덤들 사이에서.
공정한 것 정오는 저기에서 화염으로 합성한다
바다를, 쉼없이 되살아나는 바다를!
신들의 정적에 오랜 시선을 보냄은
오 사유 다음에 찾아드는 보답이로다!

섬세한 섬광은 얼마나 순수한 솜씨로 다듬어내는가
지각할 길 없는 거품의 무수한 금강석을,
그리고 이 무슨 평화가 수태되려는 듯이 보이는가!
심연 위에서 태양이 쉴 때,
영원한 원인이 낳은 순수한 작품들,
'시간'은 반짝이고 '꿈'은 지식이로다.

(중략)

과일이 향락으로 용해되듯이,
과일의 형태가 사라지는 입 안에서

과일의 부재가 더없는 맛으로 바뀌듯이,
나는 여기 내 미래의 향연(香煙)을 들이마시고,
천공은 노래한다, 소진한 영혼에게,
웅성거림 높아가는 기슭의 변모를.

아름다운 하늘, 참다운 하늘이여, 보라 변해 가는 나를!
그토록 큰 교만 뒤에, 그토록 기이한,
그러나 힘에 넘치는 무위의 나태 뒤에,

나는 이 빛나는 공간에 몸을 내맡기니,
죽은 자들의 집 위로 내 그림자가 지나간다
그 가여린 움직임에 나를 순응시키며.

지일(至日)의 햇불에 노정된 영혼,
나는 너를 응시한다, 연민도 없이
화살을 퍼붓는 빛의 찬미할 정의여!
나는 순수한 너를 네 제일의 자리로 돌려놓는다.
스스로를 응시하라!…… 그러나 빛을 돌려주는 것은
그림자의 음울한 반면을 전제한다.

오 나 하나만을 위하여, 나 홀로, 내 자신 속에,
마음 곁에, 시의 원천에서,

허공과 순수한 도래 사이에서, 나는
기다린다, 내재하는 내 위대함의 반향을,
항상 미래에 오는 공허한 영혼 속에 울리는
가혹하고 음울하며 반향도 드높은 저수조를!

(중략)

만상은 불타고 해체되어, 대기 속
그 어떤 알지 못할 엄숙한 정기에 흡수된다……
삶은 부재에 취해 있어 가이없고,
고초는 감미로우며, 정신은 맑도다.

(중략)

간질인 소녀들의 날카로운 외침,
눈, 이빨, 눈물 젖은 눈시울,
볼과 희롱하는 어여쁜 젖가슴,
굴복하는 입술에 반짝이듯 빛나는 피,

마지막 선물, 그것을 지키려는 손가락들,
이 모두 땅 밑으로 들어가고 작용에 회귀한다.
또한 그대, 위대한 영혼이여, 그대는 바라는가

육체의 눈에 파도와 황금이 만들어내는,

이 거짓의 색채도 없을 덧없는 꿈을?

그대 노래하려나 그대 한줄기 연기로 화할 때에도?

가려무나! 일체는 사라진다! 내 존재는 구멍나고,

성스런 초조도 역시 사라진다!

(중략)

바람이 인다!…… 이제야말로 살려고 애써야 한다!

세찬 마파람은 내 책을 펼치고 또한 닫으며,

물결은 분말로 부서져 바위로부터 굳세게 뛰쳐나온다.

날아가거라, 온통 눈부신 책장들이여!

부숴라, 파도여! 뛰노는 물살로 부숴 버려라

돛배가 먹이를 쪼고 있던 이 조용한 지붕을!

〈김현 번역 참조〉

강한 영상을 떠올리게 하는 바닷가의 묘지

바람이 인다…… 이제야말로 살려고 애써야 한다.

이 구절에 매료되어 나는 대학생 시절 그 은유를 알 길이 없는 발레리의 〈해변의 묘지〉란 어렵고 긴 시를 읊조리게 되었다. 서울대학의 불문과 시절을 떠올리면 말라르메의 〈목신의 오후〉와 더불어 발레리의 〈해변의 묘지〉를 침을 튀기며 열강을 하시던 손우성 교수님의 순수하던 지성과 열정이 클로즈업되어 온다.

세찬 마파람은 내 책을 펼치고 또한 닫으며, /물결은 분말로 부서져 바위로부터 굳세게 뛰쳐나온다./날아가거라, 온통 눈부신 책장들이여!/부숴라, 파도여!

이쯤 되면 이 시의 첫 구절로 돌아가서 다시 음미하게 된다.

비둘기들 노니는 저 고요한 지붕은/철썩인다. 소나무들 사이에서, 무덤들 사이에서.

여기서 비둘기들은 돛배들의 은유이다. 지붕이 바다의 은유이듯

이. 영원한 삶을 갈망치 말라는 뜻이 함유된 〈해변의 묘지〉는 마치 내가 바닷가의 묘지들을 실제로 본 것처럼 떠오르는 영상이 뚜렷하다.

　지각할 길 없는 거품의 무수한 금강석을,/그리고 이 무슨 평화가 수태되려는 듯이 보이는가!/심연 위에서 태양이 쉴 때,/영원한 원인이 낳은 순수한 작품들,/ '시간' 은 반짝이고 '꿈' 은 지식이로다.

　필자는 신과 시간의 사원 그리고 순간 속의 영원 또는 시간의식의 소멸 같은 발레리다운 의식의 명증들을 감지하게 된다. 발레리는 그것을 빛으로 상징한 것이다.

　화살을 퍼붓는 빛의 찬미할 정의여!/나는 순수한 너를 네 제일의 자리로 돌려놓는다./스스로를 응시하라!…… 그러나 빛을 돌려주는 것은 그림자의 음울한 반면을 전제한다.

　오 나 하나만을 위하여, 나 홀로, 내 자신 속에,/마음 곁에, 시의 원천에서,/ 허공과 순수한 도래 사이에서, 나는/기다린다, 내재하는 내 위대함의 반향을,/항상 미래에 오는 공허한 영혼 속에 울리는/가혹하고 음울하며 반향도 드높은 저수조를!

　진정한 창조는 그림자에 의한 빛의 창조라면서 시인은 내성(內省)

강한 영상을 떠올리게 하는
바닷가의 묘지

123

을 계속 하면서 텅 빈 공간에서 창조로 넘어오는 순간의 의식을 성찰한다. 〈해변의 묘지〉는 육체가 나태한 종말, 다시 말해서 서서히 다가오는 죽음으로 나를 끌어넣는다는 구절에서 압권을 이룬다. "삶은 부재에 취해 있어 가이 없고"라는 구절은 인간에게 가혹한 명철성을 강요하는 듯하다. 죽으면 끝이라는 사실의 확인 다음에는 관능적인 도취가 오는 것이 지성을 전제한 그의 시를 풍요롭게 한다.

　　간질인 소녀들의 날카로운 외침,/눈, 이빨, 눈물 젖은 눈시울, 볼과 희롱하는 어여쁜 젖가슴,/굴복하는 입술에 반짝이듯 빛나는 피,

　　이런 시구들이 그 예다. 시인은 영원불멸에의 초조한 바람을 기원하는가 하면 불멸을 표상하는 우의적 이미지들을 신랄하게 조롱한다. 이제 시인은 우리를 기만하는 추상적인 유희를 거부한다. 피끓는 심장을 지닌 까닭에 역사 속의 행동에 몸을 던지기도 한다. 역동성의 표본인 바다는 행동 자체이며, 인간적인 현실의 생명력이 약동하는 장이다. 시인은 이러한 바다에 뛰어들고는 거기에서 자신의 혼과 엄청난 힘을 얻어 다시 뛰어나오는 것이다.
　　발레리는 시를 통해 의식의 명확한 추구를 시도하였으며 〈해변의 묘지〉가 바로 그 대표적 예다. 그는 전 생애를 통해 생각해 온 문제를 의식의 불빛 아래서 엄격하게 규제하고 제어하여 접근한 것이다.

그에게 있어 그의 인간됨을 가장 높이 끌어올리는 것은 이 의식의 명료성에 의한 것이다. 그의 의식이 그린 궤적의 폭이 지극히 크고 넓었다는 점에서 그리고 그의 언어가 내뿜고 있는 빛 때문에 이 시는 위대하며 그의 시가 모순의 소산임을 잘 나타내고 있다.

이 시는 음악적인 지속이 주제와 잘 어울려서 내가 애송했던 것 같다. '신비스런 나'는 지성 혹은 의식을 나타내며 '죽을 나'는 육체 혹은 관능의 대결이 주제이다. 의식의 규제 아래 엄격히 제한을 받으며 쓰여지는 그의 시가 나에게 가까이 와서 빛을 내는 것은 의식의 궤적 끝에 여인의 부드러운 관능이 있기 때문이다. 발레리의 시는 수정같이 차디차게 얼어붙어 있는 지성이 관능과 묘하게 조화를 이루고 있어 더욱 빛을 발하는 것 같다.

정신으로도 결국 죽음의 벽을 뚫지 못하리라는 것과 그래서 초월의 가능성이 없다는 것을 그는 알고 있었다. 그의 지성이 그를 세계의 밖으로 이끌고 갈 수 없기 때문에, 그의 정신이 다만 현재에만 집착하고 있기 때문에 철저하게 비관주의적이다.

그럼에도 불구하고 발레리는 다시 살아야 한다고 〈해변의 묘지〉 끝 장에 가서 노래한다.

바람이 인다…… 이제야말로 살려고 애써야 한다!/세찬 마파람은 내 책을 펼치고 또한 닫으며,

모든 의식의 틈 속에 끼여드는 어둠에도 불구하고 사랑해야 한다는 욕구가 정적이고 신비적인 표현 속에 울음처럼 터져 나오고 있다.

날아가거라, 온통 눈부신 책장들이여!/부숴라, 파도여! 뛰노는 물살로 부숴버려라/돛배가 먹이를 쪼고 있던 이 조용한 지붕을!

부드럽고, 고뇌하고, 육감적이고, 용감한 그의 시는 음악적으로 아름다운 형태에 기인하고 있다. 나는 이 〈해변의 묘지〉의 끝 구절 특히 "바람이 인다…… 이제야말로 살려고 애써야 한다"를 나의 중편소설 〈불타는 빙벽〉에 인용할 정도로 무척 좋아서 읊조리곤 하였다. 나의 최근작인 장편소설 《물 위에 떠 있는 도시》에서는 〈해변의 묘지〉 중 여러 구절이 인용되기도 하였다.
〈해변의 묘지〉 하면 나는 지금도 가슴이 요동친다. 쉼 없이 되살아나는 바다가.

내 문학의 원형질 같은……

〈연못〉을 읽을 때 나는 '고풍한 사원에/촛불 켜지듯이'
그렇게 살고 싶다던 형의 욕망과, 그 욕망을
꺾어 버린 시대와의 엄청난 간극을 실감한다.
그러나 다시 〈연못〉을 읽으면서 나는 내 안에서
불태워야 할 문학의 원형질 같은 것을
확인함은 말할 것도 없다.

이광웅 ― 연못

송하춘

1944년 전북 김제에서 태어나 고려대 국문과를 졸업하였다. 1972년 《조선일보》 신춘문예에 소설이 당선
되어 등단하였다. 창작집으로 《한번 그렇게 보낸 가을》《은장도와 트럼펫》《하백의 딸》《꿈꾸는 공룡》 등이
있으며 오영수문학상을 수상했다. 현재 고려대 문과대 교수로 재직중이다.

연못

연못은……

내 푸르렀어야 할 나이의 부끄러운 고백들이
어머니 얼굴 밑에
가라앉는 것을 봅니다.

사소한 수많은 화살촉이 찍힌 자리에
내 얼굴을 묻어 보면은
연못은 내 가슴 속 오열의 샘터에서나처럼
억제해 온 물살을 파문지우며
사랑의 물놀이를 성립합니다.

연못을 들여다보며 내가 조용히 눈물 뿌리는 것은
고풍한 사원에
촛불 켜지듯이 살고 싶었기 때문입니다.

내 문학의 원형질 같은······

　이광웅 시인을 기억하는 사람이 몇이나 될까.

　1940년 전북 이리 출생. 1967년 《현대문학》 추천 시인. 1982년 군산 제일고등학교 교사로 재직중 이른바 '오송회' 사건에 연루되어 교사직 파면. 구속. 수형. 1985년 옥중 시집 《대밭》 출간. 1987년 출소 이후 복직과 해직으로 인한 전교조 활동. 1989년 시집 《목숨을 걸고》와 1992년 시집 《수선화》 출간. 1992년 그해 12월 사망.

　이력서에 드러난 대로라면 이광웅 시인은 이런 사람이다. 간첩사건에 연루되어 감옥살이나 살고, 전교조 활동을 하던 운동권 교사, 그러다가 위암에 걸려 천수를 누리지도 못한 채 홀연 가 버린 불행한 시인. 설령 그를 기억하는 몇 안 되는 사람이라도 그들이 기억하는 이광웅은 아마 이 정도가 고작일 것이다.

　이광웅을 말하려고 할 때마다 나는 왠지 내가 그 사람을 제일 잘 안다고 생각하는 버릇이 있다. 나뿐만 아니라, 그를 아는 사람들 대부분이 아마 나처럼 그런 생각들을 갖고 있는 것 같다. 그만큼 그는 모를 사람에겐 아예 모르는 사람이지만 아는 사람에겐 뭔가가 깊이 새겨져 있는 그런 사람이기 때문일 것이다.

　어쨌거나 내가 아는 이광웅은 세상에 알려진 이광웅과는 많이 다르다. 이력서처럼 투쟁적이냐 하면 그렇지도 못하고, 진짜 통일꾼이었냐 하면 그것도 아니다. 그는 그냥 우리 앞에 광웅이 형이었고, 문학밖에 모르는 사람이었다. 그래서 그런지 그의 작은 체구에서는 언제나 천재성이 번득였고, 그의 시적 천품은 늘 우리들의 선망이었다. 나도 중학교 때 광웅이 형의 시를 읽고 처음 문학에 눈을 떴다. 중학교 때 이제하 시인의 "청송 그늘에 앉아 서울 친구의 편지를 읽는다"를 읽었던 것처럼 이광웅 시인의 〈연못〉을 나는 그 시절에 읽었다.

서툰 데가 더러 없지는 않지만, 지금 읽어 봐도 〈연못〉은 여전히 감동적이다. 그러니 중학생 때 받은 감동은 말할 것도 없었다. 첫 줄부터 "연못은……" 그러더니 한 줄 띄고 "내 푸르렀어야 할 나이의 부끄러운 고백들이/어머니 얼굴 밑에/가라앉는 것을 봅니다"라고 적은 것을 보았을 때, 나는 그만 내 안에 숨어 있는 그 무엇을 그가 꺼내어 보여 주는 것만 같아서 신기했다.

그리고 "연못을 들여다보며 내가 조용히 눈물 뿌리는 것은/고풍한 사원에/촛불 켜지듯이 살고 싶었기 때문입니다"라고 끝맺을 때, 나는 시인의 어떤 자세와 호흡까지도 닮고 싶은 충동을 받았었다. 문학이 만일 연애의 대상이라면 내 〈연못〉과의 만남은 단연 '첫 경험'이다.

그 시절 우리는 참 많이도 어울려 다녔다. 그때 광웅이 형은 버젓하게 대학을 다녔어야 할 나이인데도 학교는 가지 않고 맨날 우리들

하고만 어울리는 것이 이상했는데, 지금 생각해 보면 그게 아마 형의 시적 방황이었던 모양이다. 광웅이 형한테서 까뮈와 사르트르를 얻어 들은 것이 고등학교 때였고, 날더러 윤동주 시집을 아예 가지라고 준 사람도 광웅이 형이었다.

그렇게 문학청년기가 지나자, 우리는 헤어져야 했다. 나는 대학생이 되어서 서울로 올라왔고, 군대에 가야 했고, 그래도 광웅이 형은 그냥 이리에 눌러 있었다. 간고했지만 아름다웠던 60년대가 갔다. 70년대의 나는 대학원생이었고, 풋내기 소설가였고, 대학강사였다. 그리고 광웅이 형은 이리에서 혹은 군산에서 시를 쓰는 고등학교 선생님이었다. 그렇게 우리는 80년대를 맞이하였다.

광웅이 형의 불행한 소식이 세간을 넘나들기 시작한 것은 1982년 부터였다. 형이 오송회 사건에 연루되어 수감되었다. 내가 아는 형이 간첩이라니, 나는 너무 무서웠다. 사태의 진위 여부야 어찌 되었든지간에 이 사건이 계기가 되어 그는 4년 8개월의 감옥살이를 살아야 했고, 감옥에서 나온 뒤에도 복직과 전교조 가입과 다시 해직과 다시 그로 인한 민주화 투쟁으로 그는 80년대 격랑의 시대를 힘겹게 헤쳐 나가야만 했다.

그렇게 80년대가 가고 90년대가 열리는가 했더니 그때 그만 갑작스레 형이 가 버린 것이다. 광웅이 형의 비보가 전해진 것은 1992년 12월 22일 밤이었다. 그 밤으로 백병원 영안실을 찾아가던 내 발걸음이 유난히도 후들거리던 것밖에 나는 아무것도 기억하고 싶지 않다.

광웅이 형은 이 세상에 세 권의 시집을 남겨 두고 떠났다. 《대밭》과 《목숨을 걸고》와 《수선화》, 그나마 이 시집들도 곁에서 주위 사람들이 성궈서 엮어 낸 것이지, 본인은 그럴 만한 여유와 자신감도 없이 살다 간 것으로 안다.

내가 자랑하고 싶은 〈연못〉은 두 번째 시집 《목숨을 걸고》에 수록되어 있었다. 지금 읽어 봐도 〈연못〉은 내 어린 시절 문학의 영혼을 뒤흔들기에 충분한 시가 아닐 수 없다.

〈연못〉 외에 다른 시편들은 그야말로 격랑의 시대를 헤쳐 나가던 목소리 높은 외침들도 많았다. 조용히 엎드려 〈연못〉을 들여다보던 젊은 시절의 사색과 순수에의 욕망들이 이렇듯 거센 목소리로 탈바꿈 된 것을 보면서, 그 동안 무엇이 그토록 광웅이 형으로 하여금 절규하지 않으면 안 되게 만들었는지, 생각할수록 가슴 아프다.

그러고 보니, 그의 목소리 높은 시편들과 잠자코 내면을 응시하는 듯한 시편들은 전 생애를 통해 반반쯤 되는 것 같다. 그 하나가 광웅이 형이 살다 간 시대의 모습이라면, 다른 하나는 형이 본래 타고 난 시적 천품일 것이다.

어느 쪽이 진짜 시인의 모습일까는 묻지 않기로 한다. 그러나 내가 형을 떠올리고, 내 문학의 근원을 찾아 헤맬 때 먼저 〈연못〉을 찾아 읽는 건 당연하다. 〈연못〉은 아무래도 내 문학의 원형질과도 같은 것이기 때문이다.

〈연못〉을 읽을 때 나는 "고풍한 사원에/촛불 켜지듯이" 그렇게 살고 싶다던 형의 욕망과, 그 욕망을 꺾어 버린 시대와의 엄청난 간극을 실감한다. 그러나 다시 〈연못〉을 읽으면서 나는 내 안에서 불 태워야 할 문학의 원형질 같은 것을 확인함은 말할 것도 없다.

내 문학의 발길을 되돌려 거꾸로 거슬러 올라가다 보면, 지금도 거기 기억의 끝이 가 닿는 가장 먼 데에 광웅이 형이 서 있곤 한다.

가난하고 외롭고
높고 쓸쓸하니

어느 날인가, "하늘이 이 세상을 내일 적에 그가 가장 귀
해하고 사랑하는 것들은 모두 가난하고 외롭고 높고
쓸쓸하니 그리고 언제나 넘치는 사랑과 슬픔 속에 살도록
만드신 것이다"라는 구절을 만났을 때
내 마음속에 고여 오던 그 따뜻한 물 같은 것.
나는 살아오는 동안 간혹 이 시구에 의지하였다.

백 석 — 흰 바람벽이 있어

신경숙

1963년 전북 정읍 출생으로, 서울예전 문예창작과를 졸업했다.
1985년 《문예중앙》에 〈겨울우화〉로 등단하였으며, 소설집 《강물이 될 때까지》《풍금이 있던 자리》《오래
전 집을 떠날 때》《딸기밭》, 장편소설 《깊은 슬픔》《외딴방》《기차는 7시에 떠나네》《바이올렛》, 산문집 《아
름다운 그늘》 등이 있다. 한국일보문학상, 오늘의 젊은 예술가상, 현대문학상, 만해문학상, 동인문학상,
이상문학상 등을 수상했다.

흰 바람벽이 있어

백 석

오늘 저녁 이 좁다란 방의 흰 바람벽에

어쩐지 쓸쓸한 것만이 오고 간다

이 흰 바람벽에

희미한 십오촉 전등이 지치운 불빛을 내어던지고

때글은 다 낡은 무명샤쯔가 어두운 그림자를 쉬이고

그리고 또 달디단 따끈한 감주나 한잔 먹고 싶다고 생각하는 내 가지가지 외로운 생각이 헤매인다

그런데 이것은 또 어인 일인가

이 흰 바람벽에

내 가난한 늙은 어머니가 있다

내 가난한 늙은 어머니가

이렇게 시퍼러둥둥하니 추운 날인데 차디찬 물에 손은 담그고 무이며 배추를 씻고 있다

또 내 사랑하는 사람이 있다

내 사랑하는 어여쁜 사람이

어늬 먼 앞대 조용한 개포가의 나지막한 집에서

그의 지아비와 마조 앉어 대구국을 끓여놓고 저녁을 먹는다

벌써 어린것도 생겨서 옆에 끼고 저녁을 먹는다

그런데 또 이즈막하야 어느 사이엔가

이 흰 바람벽에

내 쓸쓸한 얼골을 쳐다보며

이러한 글자들이 지나간다.

—나는 이 세상에서 가난하고 외롭고 높고 쓸쓸하니 살어가도록 태어났다

그리고 이 세상을 살어가는데

내 가슴은 너무도 많이 뜨거운 것으로 호젓한 것으로 사랑으로 슬픔으로 가득찬다

그리고 이번에는 나를 위로하는 듯이 나를 울력하는 듯이

눈질을 하며 주먹질을 하며 이런 글자들이 지나간다

—하늘이 이 세상을 내일 적에 그가 가장 귀해하고 사랑하는 것들은 모두

　가난하고 외롭고 높고 쓸쓸하니 그리고 언제나 넘치는 사랑과 슬픔 속에 살도

록 만드신 것이다

　초생달과 바구지꽃과 짝새와 당나귀가 그러하듯이

　그리고 또 '프랑시쓰 쨈'과 도연명(陶淵明)과 '라이넬 마리아 릴케'가 그러하듯이

가난하고 외롭고 높고 쓸쓸하니

　　백석 시집은 못 읽어도 일 년에 대여섯 번은 꺼내 읽는 것 같다. 마음먹고 일부러 찾아 읽는 때도 있지만 다른 책을 찾다가 백석 시집이 눈에 띄면 잠시 찾으려던 책을 잊어버리고는 그 자리에 선 채로 혹은 앉은 채로 몇 편의 시를 쭉 읽다가 다시 꽂아 놓는다. 한때는 아예 머리맡에 두고 잠이 들기 전에 두어 편씩 읽었던 기억도 있다. 어쩐지 백석 시를 읽다가 잠이 들면 좋은 꿈을 꾸게 될 것 같고 만날 수 없는 사람을 만나게 될 것 같고 그랬다. 정확히 세어 보지는 않았지만 내 책꽂이에 꽂혀 있는 백석 시집은 아마 서너 권은 될 것이다. 누군가에게 주려고 서점에 나갔을 때 사다 놓은 것도 있고 누가 집어 간 줄 알고 또 사다 놓은 것도 있고 들고 나갔다가 잃어버린 줄 알고 또 사다 놓은 것도 있고 그렇다.

　　내가 백석 시집을 주려고 했던 누군가는 몇 해 전 겨울밤에 내게 전화를 걸어 왔다. 나는 그이의 고통을 건너건너 사람에게 들어 알고 있었다. 그랬으나 서로 개인적 전화 통화를 하거나 할 만큼 가까운 사이는 아니었다. 그래서 처음에 그이가 전화를 걸어 왔을 땐 좀 서먹했던 건 당연했을 것이다. 그이도 마찬가지였을 것이다. 그러나 곧 그이의 마음을 이해했다. 그렇지 않은가. 누군가와 고통스러운 마음을 얘기는 해야겠는데 자기 자신을 너무 잘 알고 있다거나 가까이 있는 사람한텐 하기 싫을 때 말이다. 아마 나는 그이와 가깝지 않기 때문에 그리고 과묵하다면 과묵한 편인 성격 때문에 그이에게 선택이 된 모양이었다. 그이는 에둘러서 자신의 이야기를 했다. 나는 "네네" 하면서 들었다. 얘기를 마칠 때쯤 그이는 울고 있는 것 같았다. 책상에 백석 시집이 놓여 있었다. "시 한 편 읽어 줄까요?" 했더니 그이가 "시요?" 하면서 울다가 웃었다. 나는 109페이지의 〈흰 바람벽이 있어〉를 읽어 주려고 목소리를 가다듬었다.

  오늘 저녁 이 좁다란 방의 흰 바람벽에
  어쩐지 쓸쓸한 것만이 오고 간다

"좋죠?"
물었더니 그이도 "네" 그랬다.
그래서 나는 자신감을 가지고 더 읽었다.

  이 흰 바람벽에
  희미한 십오촉 전등이 지치운 불빛을 내어던지고
  때글은 다 낡은 무명샤쯔가 어두운 그림자를 쉬이고
  그리고 또 달디단 따끈한 감주나 한잔 먹고 싶다고 생각하는 내 가
  지가지 외로운 생각이 헤매인다

그런데 이것은 또 어인 일인가

이 흰 바람벽에

내 가난한 늙은 어머니가 있다

내 가난한 늙은 어머니가

이렇게 시퍼러둥둥하니 추운 날인데 차디찬 물에 손은 담그고 무이

며 배추를 씻고 있다.

또 내 사랑하는 사람이 있다

내 사랑하는 어여쁜 사람이

어늬 먼 앞대 조용한 개포가의 나지막한 집에서

그의 지아비와 마조 앉어 대구국을 끓여놓고 저녁을 먹는다

벌써 어린것도 생겨서 옆에 끼고 저녁을 먹는다

그런데 또 이즈막하야 어늬 사이엔가

이 흰 바람벽에

내 쓸쓸한 얼골을 쳐다보며

이러한 글자들이 지나간다

─나는 이 세상에서 가난하고 외롭고 높고 쓸쓸하니 살어가도록 태

어났다

그리고 이 세상을 살어가는데

내 가슴은 너무도 많이 뜨거운 것으로 호젓한 것으로 사랑으로 슬

픔으로 가득찬다

그리고 이번에는 나를 위로하는 듯이 나를 울력하는 듯이

눈질을 하며 주먹질을 하며 이런 글자들이 지나간다

— 하늘이 이 세상을 내일 적에 그가 가장 귀해하고 사랑하는 것들은 모두

가난하고 외롭고 높고 쓸쓸하니 그리고 언제나 넘치는 사랑과 슬픔 속에 살도록 만드신 것이다

초생달과 바구지꽃과 짝새와 당나귀가 그러하듯이

그리고 또 '프랑시쓰 쨈'과 도연명(陶淵明)과 '라이넬 마리아 릴케'가 그러하듯이

그이가 숨을 죽이며 들었으므로 이번에는 〈수라(修羅)〉를 읽어 주었다. 이 두 편은 백석의 시 중에서 내가 가장 애송하는 시이기도 했다. 〈수라〉 속에 나오는 새끼 거미와 어미 거미 이야기는 내내 마음에 여울져 이후 오랫동안 벽을 타고 거실이나 방 안으로 기어 들어온 뭇것들 중 어린 것을 보면 '저것도 그 새끼 거미처럼 어미를 찾아 나온 길인가' 싶은 게 여간 신경이 쓰이고 안쓰러운 게 아니었다. 어디 새끼 거미뿐이랴. 새삼스레 여길 것도 없이 백석의 시 속에는 세상의 온갖 오물거리는 것들이 출몰한다.

당나귀며 닭이며 오리며 도적개며 거지며 여우며 소똥이며 가랑잎이며 엇송아지며 멧새며 가자미며 뭐며 뭐며…… 그의 시를 읽는 일

은 하냥 그 뭇것들과 장난을 치듯 어울려 보내는 일이기도 하다. 내가 어린 시절의 마당 가득 득시글거리던 집짐승들이 일제히 살아 돌아와 곁에 있는 듯도 싶어 잠시 꿈을 꾸고 있는 듯도 싶다. 북방정서가 물씬거리는 백석의 시 속에는 또 얼마나 눈이 폭폭 내려 쌓이는지. 저 남쪽의 내 태생지에도 겨울날이면 눈 하나는 실컷이었다. 눈보라 치는 겨울밤이 지나고 나면 천지가 새하얗다. 어느 날은 심하여 마루는 물론이고 문풍지 사이로도 눈이 밀어닥치기도 했다. 문풍지에 어른거리는 눈 그림자를 보며 바람벽에 등을 대고 바깥에 나간 누군가가 돌아오길 기다린다거나 할 때면 백석의 표현대로 참으로 호젓하였다.

지붕에 쌓인 눈이 녹을 무렵, 흰 바람벽에 기대어 낙수가 처마 밑으로 똑똑 떨어지는 소리를 듣는 일도 참으로 호젓하였다. 바람벽을 등지고 앉게 되는 이는 아무래도 어머니였다. 식구들을 따뜻한 데로 따뜻한 데로 앉게 하다 보면 남는 자리는 거기였을 것이다. 옹기종기 모여서 모자란 음식을 나눠 먹고 아랫목에 발을 삐대고 코를 문지르거나 간지럼을 태우던 마을을 나는 나의 기억과 백석의 시 속에서 본다.

우물 밑에 가라앉아 있는 무슨 보석처럼 이제 이 현실에서는 사라져 버리고 마음 깊이에 가라앉아 있는 눈 내리는 마을을 보는 것이다. 설명할 길은 없으나 저 무의식 깊숙이 나를 에워싸고 있는 그분위기를 나는 비타민처럼 간직하고 있는 것이다.

　어느 날인가. "하늘이 이 세상을 내일 적에 그가 가장 귀해하고 사랑하는 것들은 모두 가난하고 외롭고 높고 쓸쓸하니 그리고 언제나 넘치는 사랑과 슬픔 속에 살도록 만드신 것이다"라는 구절을 만났을 때 내 마음속에 고여 오던 그 따뜻한 물 같은 것. 나는 살아오는 동안 간혹 이 시구에 의지하였다. 갑자기 고아가 되어 버린 기분이 들 때 누군가로부터 모욕을 당해 마음이 폐허가 되는 것 같을 때 "내 쓸쓸한 얼골을 처다" 보듯이 〈흰 바람벽이 있어〉를 거듭거듭 읽었다. 그러고 있으면 내가 조금은 귀히 여겨지고 그리하여 타자도 귀히 여길 수 있었다.

　온갖 사념들을 물리치고 종내엔 사람을 이렇게 아름답고 귀하게 여길 수 있게 하는 시 구절을 만난 것에 대해 나는 무한히 감사하다. 그래서 이따금 슬픔에 빠진 이를 곁에 두게 되면 그에게 그 구절을 읽어 주고 싶은 것이다. 분명 백석도 좋아했을 프란시스 쨈의 당나귀를 얻어 슬픔에 잠겨 있는 그이를 태우고 타박타박 천국을 향해 걷고 싶은 것이다.

타향에서
고향을 생각하듯

어느 쪽이 고향이고 어느 쪽이 또 다른 고향일까. 한
반도에서는 한반도가 고향이고 연변이 또 다른 고
향일 것이고, 연변에서는 연변이 고향이고
한반도가 또 다른 고향일 것이다.

유재용

윤동주 ― 또 다른 고향

1936년 강원도 김화에서 태어나 1965년 《조선일보》 신춘문예에 동화가 당선되어 등단했으며, 1968년 공보부 제정 신인예술상에 소설 〈손 이야기〉 문학부문 특상, 1969년 《현대문학》에 소설 〈상지대〉로 추천 완료됐다. 소설집 《누님의 초상》《관계》《화신제》《아버지의 강》 등과 장편소설 《성역》《성자여 어디 계십니까》《사로잡힌 영혼》《침묵의 땅》 등이 있다. 이상문학상, 현대문학상, 동인문학상 등을 수상했다.

또 다른 고향

윤 동 주

고향에 돌아온 날 밤에
내 백골(白骨)이 따라와 한방에 누웠다.

어둔 방은 우주로 통하고
하늘에선가 소리처럼 바람이 불어온다.

어둠속에 곱게 풍화작용하는
백골을 들여다보며,
눈물 짓는 것이 내가 우는 것이냐
백골이 우는 것이냐
아름다운 혼이 우는 것이냐.

지조(志操) 높은 개는 밤을 새워 어둠을 짖는다.
어둠을 짖는 개는
나를 쫓는 것일 게다.

가자 가자
쫓기우는 사람처럼 가자

백골 몰래

아름다운 또 다른 고향으로 가자.

타향에서 고향을 생각하듯

꽤 오래전부터 윤동주의 〈서시〉, 〈별을 헤는 밤〉, 〈자화상〉 같은 시를 대하며 감명을 받곤 했었다. 그러나 1994년 늦여름부터 초가을에 걸쳐 한 달 동안 중국 연변지방에 머물렀다 온 뒤로 윤동주의 시들은 나에게 새로움으로, 또 더 깊어진 의미로 다가왔다. 영화 〈지바고〉를 감상하기 전에 들을 때는 그저 그렇던 주제곡이 영화를 보고 난 뒤에 들으니 심금을 울리던 것과 비교될 수 있을지 모르겠다.

나는 '북간도'라고도 불리워지는 연변 조선족 자치주의 이곳저곳을 다니면서 문득문득 내가 전생(前生)의 어느 때 연변지방에서 태어나 살았던 적이 있는 것 같은 감상을 가슴에 안아 보곤 했다.

우리 민족의 조상이 건국한 고구려의 고도였다가 몽고족, 만주족, 한족에게로 넘어가 남의 땅이 되어 버렸지만, 조선조 후기와 일제식민지 시대에 걸쳐 우리 민족이 이주해 개간하고 몇 대째 살아오고 있는 터전이어서 그곳에 몸을 담으면 감회가 예사롭지 않다.

세월과 역사의 단층 밑에 묻혀 있던 멀고 아득한 기억을 차근차근 헤쳐 보면, 이곳에서 영위하던 삶을 발굴해 복원해 놓을 수 있을 것 같은 짙은 느낌에다가, 여기저기 남아 있는 선조들의 발자취 그리고 우리 민족의 풍속을 간직한 채 현재를 살아가고 있는 조선족 동포들, 또 일상으로 대할 수 있는 우리말, 우리글들……. 그런 환경 속에 몸을 담았을 때, 오랫동안 잊고 지내던, 또는 잊지는 않았지만 이런저런 사정으로 올 수 없었던 고향에 마침내 돌아온 것 같은 감회를 가슴 저리게 느끼게 되는 경우는 나 혼자만이 아닐 것이다.

그러다 보면 현세에서 내가 태어나 자라고 삶을 영위해 온 한반도는 오랜 옛날 선조의 대에 이주해 간 타향이고, 본향은 연변일 것이라는 생각 속에 어색하지 않게 빠져 들어가게 되기도 한다. 그러니까 '나'라는 소아(小我)에게는 한반도가 고향이되 대대의 조상을 아우른 대아(大我)에게는 북간도 연변지방이 고향이 되는 것이다. 더욱이 나를 휘감은 기시감으로 미루어 말한다면 한반도에 터 잡고 현재 삶을 영위하고 있는 나는 전생에서 지금의 나의 조상으로서 연변지방에서 삶을 영위했을 가능성이 있는 것이다.

연변에서 삶을 영위하던 선조들은, 또는 나의 전생을 살았던 옛날의 나는 지금은 백골이 되어 연변 땅에 묻혀 있을 것이다. 연변의 산하가 되고 바람이 되기도 했을 것이다

고향에 돌아온 날 밤에
내 백골(白骨)이 따라와 한방에 누웠다.
(중략)
어둠속에 곱게 풍화작용하는

백골을 들여다보며,

눈물 짓는 것이 내가 우는 것이냐

백골이 우는 것이냐

아름다운 혼이 우는 것이냐.

윤동주 시인이 이렇게 읊는 것은 소아적으로는 일제 식민지 치하에서 울분에 찬 삶을 살아가야 하는 우리 민족 지식청년들의 처지를 시어(詩語)로 형상화하려 함이리라. 그러나 대아적으로는 만주와 한반도를 아우르는 우리 민족의 역사와 그 역사 속에서의 한스러운 삶이 녹아들어 있을 터였다.

아니 윤동주의 시어 속에는 이미 소아적 고향과 대아적 고향이 아우러져 있었을 것이다. 어느 쪽이 고향이고 어느 쪽이 또 다른 고향일까. 한반도에서는 한반도가 고향이고 연변이 또 다른 고향일 것이고, 연변에서는 연변이 고향이고 한반도가 또 다른 고향일 것이다.

나는 연변에 머무르는 동안 그곳 조선족 문인들의 안내를 받아 윤동주 생가를 방문했었다. 용두레우물과 해란강 일송정으로 우리 민족의 향수를 담고 있는 용정에서 남쪽으로 20킬로미터쯤 떨어진 명동이라는 마을에는 윤동주의 생가와 그가 다니던 명동교회가 그에 대한 기억을 간직한 채 가을비 속에 남아 있었다.

어느 날은 조선족 동포와 함께 노선버스를 타고 밤의 두만강변을 달리면서 쏟아질 듯 밤하늘을 가득 채운 별무리를 바라보며 감회에 잠기기도 했었다. 윤동주의 〈서시〉와 〈별 헤는 밤〉의 구절들이 떠올랐고, 한편으로 김정구의 〈눈물 젖은 두만강〉의 노랫가락이 들려오는 듯했다.

연변에 다녀온 지 벌써 육칠 년이 되었고, 마치 나는 타향에서 고향을 생각하듯 연변을 생각하면서 윤동주의 시를 읽어 보곤 한다.

눈 먼 처녀의 마음속으로

내가 한 여자에게 어디론가 멀리 가서
아무도 모르게 숨어 살자고 했다면,
그 또한 이 시의 영향 아래 한 말임에 틀림없다.
막막한 가운데 진정한 자기를 보며,
아울러 그 여자와 함께 막다른 세상 끝에 이르러 있다는
자각이야말로 사랑의 본질이 아니런가.

박목월 — 윤사월

윤후명

1946년 강원도 강릉에서 태어나 연세대 철학과를 졸업했다. 1967년 《경향신문》 신춘문예에 시가 당선되어 시인이 되었고, 1979년 《한국일보》 신춘문예에 소설이 당선되어 소설가가 되었다. 시집 《명궁》과 소설집 《돈황의 사랑》《협궤열차》《여우 사냥》《가장 멀리 있는 나》 등 여러 책을 펴냈으며 현대문학상, 이상문학상 등을 수상했다.

윤사월

박 목 월

송홧가루 날리는 외딴 봉우리

윤사월 해 길다 꾀꼬리 울면

산지기 외딴 집 눈먼 처녀사

문설주에 귀대이고 엿듣고 있다.

눈 먼 처녀의 마음속으로

　　10대 후반에서 20대를 통틀어 나는 시에 사로잡힌 몸이었다. 시인에의 길만이 꿈이요, 보람이었다. 만약 시인으로서 살아가지 못한다면 이 삶이야말로 아무 가치도 없는 삶이라고 굳게 믿었다. 부친은 그렇게 기대를 저버리고 있는 나를 안타깝게 설득하려 했지만, 나는 막무가내였다.

　　대학에 들어갈 무렵, 집에서는 폐마(廢馬) 한 마리를 사서 마차를 끌게 하여 여러 식당에서 나오는 음식 찌꺼기를 날라다 돼지를 키우고 있었다. 그러나 그것도 여의치 않아 말도 없애고 마구간에 방을 들여 내 방이 되었는데, 그 방에서 나는 밤새 시와 씨름하곤 했다. 그때 내 손에 들어오게 된 것이 박목월, 박두진, 조지훈 세 시인의 공동 시집인 《청록집(靑鹿集)》이었다. 나중까지 나는 지훈 선생은 뵐 기회를 갖지 못한 것을 지금도 후회하고 있지만, 목월 선생으로부터는 직접 배우기도 했고, 두진 선생은 여러 번 찾아 뵙고 훈도를 받고는 했다.

　　사실 세 시인의 이야기는 《청록집》을 읽기 전에도 여기저기서 접하여 어느 정도 알고 있었다. 이를테면 "강나루 건너서 밀밭길을 구름에 달 가듯이 가는 나그네"(목월)나 "해야 솟아라"(두진)나 "얇은 사(紗) 하이얀 고깔은 고이 접어서 나빌레라"(지훈) 하는 시 구절도 그러려니와, 그들이 만나서 시로써 교유하는 장면은 내게는 눈물겨운 것이었다. 특히 목월 시인이 뒤에 "시로써 우리가 병들었더니 시로써 다시 서게 되었구나" 하고 말할 때. 나는 시인으로서 살아가고자 하는 내 삶에 여간 위안을 받지 않았다.

문학평론가인 김인환도 지훈 선생에게서 이 말을 들은 것을 감격적으로 기억하고 있다고 쓰고 있다. 하지만 이분들이 "시인이 되기 위해서는 무엇보다도 진실하지 않으면 안 된다"고 내게 던진 화두는 실로 어렵기 짝이 없는 것이었다. 내가 마구간 방에서 밤새 시와 씨름하곤 했다는 것은 이 화두와의 씨름이기도 했다.

진실이란 무엇일까. 나는 과연 진실한 것일까.

사실 나는 목월 선생의 추천으로 문단에 나오기를 갈망했다. 그러나 삶이란 뜻대로 되지 않는 것이었다. 나는 비교적 빠르게, 우리 나이로 22세에 신춘문예를 통해 시인이 되었다. 그러고도 또 다른 많은 시인들을 공부하게 되었으나, 이상하게도 《청록집》의 세계를 떠날 수 없었다. 그리하여 읊는 시 가운데 하나…… 목월 시인의 〈윤사월(閏四月)〉…….

음력으로 4년마다 돌아오는 윤달인 윤사월에 소나무꽃가루 보얗게 날리는 외딴 봉우리, 그 밑 산지기 외딴 집, 눈먼 처녀가 문설주에 귀를 대이고('대고'가 아니라) 엿듣는 것은 무엇일까. 오랫동안 나는 이 시의 세계와 같은 곳에서 외롭게 살고 싶었다. 아니, 그 마음은 지금도 변하지 않았다. 그래서, 시인이 된 지 12년이라는 세월이 지나 다시 소설가가 되고 말았어도, 나는 외로움을 이겨 내지 못하고 있는지도 모른다. 물론 '말았어도'라는 말 속에는, 예전 평생 시인으로 살렸던 스스로의 약속이 희석되었음을 용서받겠다는 뜻이 도사리고 있다.

그렇다 하더라도 죽는 날까지 '하늘을 우러러 한 점 부끄럼 없이' 시를 쓰던 초발심의 정신으로 내 문학의 길을 가겠다는 약속이야 늘 나와 함께 있다. 허세와 만용의 내 뒷덜미를 낚아채는 예전의 그 화두도 늘 나와 함께 있다.

진실이란 무엇일까. 나는 과연 진실한 것일까.

봄이면 송홧가루 날리는 이름 모를 산길을 홀로 걷고 싶다. 외로움과 그리움에 젖어서 봉우리를 넘고 또 넘어서 어느 골짜기로 가고 싶다. 그때 송홧가루는 무슨 과자를 만들거나 건강 식품 따위와는 아무런 관련이 없다. 그것은 겨울의 눈발이기도 하고, 여름의 빗발이기도 하고, 또 가을의 낙엽이기도 하다.

꾀꼬리 울음소리, 뻐꾸기 울음소리가 어디선가 들려오고, 낡은 산막(山幕)이라도 발견하면 그곳에서 여생을 보내리라 한다. 내가 한 여자에게 어디론가 멀리 가서 아무도 모르게 숨어 살자고 했다면, 그 또한 이 시의 영향 아래 한 말임에 틀림없다. 막막한 가운데 진정한 자기를 보며, 아울러 그 여자와 함께 막다른 세상 끝에 이르러 있다는 자각이야말로 사랑의 본질이 아니런가.

　백석의 시 〈나와 나타샤와 흰 당나귀〉를 읽을 때마다, 눈 오는 날 소주를 마시며 "나타샤"와 함께 "산골로 가자 출출이 우는 깊은 산골로 가 마가리에 살자"는 생각을 한다는 구절에서 어느덧 〈윤사월〉과의 호응을 보는 것은 그런 까닭에서이다. 그러므로 내가 예전에 쓴 다음과 같은 시 구절도 여기 어디에 닿아 있는 게 아닌가 여긴다.

　　꽃 지는 골짝마다 너를 만나마
　　손에 돌도끼라도 갈아 쥐고
　　빈 흙집도 없는 골짝 외진 응달
　　뻐꾸기 울음이 지어놓은 응달까지 내달아
　　샅샅이 만나 얽히고설키마

　봄이면 어김없이 송홧가루 날리는 산길에 마음이 막막하여 황홀하다. 그러고보니 지난 봄은, 아아, 윤사월이었구나.

내가 살아 있다는 루머

"일찍이 나는 아무것도 아니었다."
그 한 문장은 내가 산 그의 첫 시집에 실린 첫 시의
첫 행이었다. 그 한 줄의 문장을 읽는 순간 전율 같
은 것이, 소름 같은 것이 온몸을 훑고 지나갔다.
그것은 감동과는 좀 달랐다. 내 안에서 나오는 목소
리를 들은 것 같은 기분이라고 해야 할까. 속에 늘
담아 가지고 다니면서도 차마 내뱉지 못했던,
내뱉을 수 없었던 부재에 대한 강렬한 자의식.
그것은 낯설고 낯익었다.

이승우

최승자 — 일찍이 나는

1959년 전남 장흥에서 태어나 서울신학대학을 졸업했다. 1981년 《한국문학》으로 등단했으며, 소설집
《일식에 대하여》《세상밖으로》《미궁에 대한 추측》, 장편소설 《에리직톤의 초상》《생의 이면》《네 안에 또 누
가 있나》 등이 있다. 제1회 대산문학상을 수상했다. 현재 조선대 문예창작과 교수로 재직중이다.

일찍이 나는

최 승 자

일찍이 나는 아무것도 아니었다.
마른 빵에 핀 곰팡이
벽에다 누고 또 눈 지린 오줌 자국
아직도 구더기에 뒤덮인 천년 전에 죽은 시체.

아무 부모도 나를 키워 주지 않았다
쥐구멍에서 잠들고 벼룩의 간을 내먹고
아무 데서나 하염없이 죽어 가면서
일찍이 나는 아무것도 아니었다.

떨어지는 유성처럼 우리가
잠시 스쳐갈 때 그러므로,
나를 안다고 말하지 말라.
나는너를모른다 나는너를 모른다,
너당신그대, 행복
너, 당신, 그대, 사랑

내가 살아 있다는 것,
그것은 영원한 루머에 지나지 않는다.

내가 살아 있다는 루머

　　풍경화는 나를 매료시키지 못한다. 일찍부터 그랬다. 자화상을 그린 화가들에게 나는 훨씬 잘 이끌린다. 화가들은 왜 자기 얼굴을 그릴까. 그들이 나르시스이기 때문이라고 말하는 것은 반만 맞거나, 심지어는 전혀 맞지 않다. 자화상을 그리는 화가들은 물에 비친 자기 얼굴에 반해 빠져 죽었다는 나르시스와는 대체로 상관이 없다. 생의 고독과 내면의 어둠이 덧칠된 고흐나 뭉크의 자화상에서 자기애의 흔적을 찾는다는 것은 불가능하다.

　　자기를 못 견뎌한 것이라면 몰라도 자기를 사랑한 흔적은 아니다. 자화상이란 자의식의 산물. 그들은 자의식에 사로잡힌 자들이다. 그들은 자기를 찾아야 하고, 자기를 관찰해야 하고, 자기를 추구해야 하므로 밖으로 시선을 돌리지 않거나 돌리지 못한다. 바깥의 풍경은 그들을 사로잡지 못한다.

　　바깥의 풍경이 그들을 사로잡지 못하기 때문에 자신의 내부에 몰두하는 것이 아니라 자신에게 몰두하기 때문에 바깥의 풍경에 사로잡히지 못한다. 자신의 내면이야말로 평생을 바쳐 탐구하고 찾고 그려야 할, 하나의 거대한, 유일한 세계이므로 다른 곳으로 눈 돌릴 수 없다. 눈 돌리지 않는다.

　　자화상을 보고 있는 것 같은 느낌을 주는 글이 있다. 자의식에 사로잡힌 문장을 접할 때 내 정신의 섬모들은 일제히 일어서며 물결치며 요동한다. 나는 느낀다. 저 작가는, 저 시인은 자기 안에 우주를 가지고 있구나. 그의 우주는 바깥이 아니라 자기 안에 있으므로, 바깥이 아니라 자기 안을 살피고 검색하고 추적하지 않을 수 없는 것이로구나…… 그가 서정시를 쓰지 않거나 못하는 것은 자화상을 그리는 화가가 풍경화를 그리지 않거나 혹은 못하는 것과 같은 이유이다.

그는 자기를 지나치게 사랑하는 것이 아니라 자기 안의 미궁에 지나치게 빠져 있는 것이다. 자기 안에 이미 미궁을 가지고 있는 자는 자기 밖의 미궁을 기웃거릴 여유가 없는 법. 그의 내면보다 더 크고 복잡한 세계는 없다. 자신의 내부에 미궁을 가진 사람에게 세계의 미궁은 아직 관심의 대상이 아니다.

여기, "일찍이 나는 아무것도 아니었다"고 선언한 시인이 있다. 나는 그의 시를 1982년 봄에 읽었다. 스물세 살이었다. 4학년이었고, 군대에 가기 1년 전이었고, 불성실한 신학도였고, 그리고 어설픈 소설가였다. 몇 달 전에 엉겁결에 소설가가 되었지만 문학이 나를 자주 부를 거라는 확신은 생기지 않았고, 미래는 막막하고 불투명했다. 학교는 시끄러웠고, 세상은 복잡하고 난해했다.

그리고 내 불쌍한 청춘의 욕망과 결핍! 먹어도 먹어도 허기가 채워지지 않는 에리직톤의 형벌이 가난한 청춘의 정신을 고문했다. 끊임없이 허기에 시달리면서도 나는 내가 무엇을 욕구하는지 잘 몰랐다. 나는 내 안에서 욕구하는 자의 정체조차 몰랐다. 나는 내가 누구인지조차 몰랐다. 낯설지 않은 타인이 없었고, 타인과의 만남을 두려워하지 않아 본 적도 없었다. 나에게 상처를 주거나 내가 상처 입힐 대상이 아닌 타인은 없었다. 친구를 만들지 못한 것은 너무나 당연했다. 그런데도 겨울밤의 외풍과도 같은 외로움은 피해지지가 않았었다.

사람을 두려워하면서 사람을 그리워했다. 두려워한 만큼 그리워했다. 그것은 형벌과 같았다. 내 그리움은 내 두려움의 다른쪽 얼굴이었다. 사람은 만나서는 안 되었고, 그러나 만나지 않으면 안 되었다. 만나지 않으면 내 존재가 미완성이었고, 만나면 내 존재가 훼손되었다. 나는 내가 무엇을 원하는지도 몰랐고, 혹은 알았고, 몰랐기 때문에, 혹은 알았지만 어떻게 살아야 할지 갈피를 잡지 못했다. 늘 추웠고 허기졌고 불안했다.

음악 다방 같은 데 한나절씩 앉아 있거나 생각난 듯 길거리를 무작정 쏘다니거나 며칠 동안 꼼짝하지 않고 흡사 빛을 싫어하는 무슨 벌레처럼 방 안에 틀어박혀 지내거나 했다. 말하자면, 그런 것들이 내 일과였다. 나는 내 안의 어둠 속으로 기꺼이, 아니 어쩔 수 없이 기어 들어갔고, 그 안에서 서성거렸고, 그러면서 내 내부의 더 안쪽에 미궁이 있다는 것을 알았고, 거기서 길을, 어쩌면 자발적으로 잃었다. 그런 어느 시간의 아슬아슬한 벼랑 위에서 그의 시를 읽었다.

"일찍이 나는 아무것도 아니었다." 그 한 문장은 내가 산 그의 첫 시집에 실린 첫 시의 첫 행이었다. 한낮에도 빛이 들어오지 않아 어둡고 퀴퀴한 냄새까지 나는 자취방이었을 것이다. 그 한 줄의 문장을 읽는 순간 전율 같은 것이, 소름 같은 것이 온몸을 훑고 지나갔다.

그것은 감동과는 좀 달랐다. 내 안에서 나오는 목소리를 들은 것 같은 기분이라고 해야 할까. 속에 늘 담아 가지고 다니면서도 차마 내뱉지 못했던, 내뱉을 수 없었던 부재에 대한 강렬한 자의식. 그것은 낯설고 낯익었다. 내 것 같지만 내 것이 아닌 어떤 것과 조우했을 때의 야릇한 느낌. 그 느낌이 최승자 시의 첫인상이었다.

"아무 부모도 나를 키워 주지 않았다"는 선언은, "나를 키운 것은 팔 할이 바람이었다"는 미당의 문장과 얼마나 가깝고 그러면서 또 얼마나 먼가. 누가 '아무' 부모,라는 말을 쓰겠는가? 누가 세계와의 단절을, 단절의 합리화를 이렇듯 아무런 꾸밈도 가림도 없이 선언하겠는가? 누가, 자신의 살아 있음을 영원한 루머라고 단정할 수 있겠는가?

그의 언어는 아직 옷을 걸치지 않은, 옷을 걸칠 필요를 느끼지 않는, 느끼기 전의, 혹은 걸칠 옷을 아직 마련하지 못한 자의 알몸의 언어다. 팔 할의 바람이라는 장식은 너무 관념이어서, 어쩌면 너무 정신이어서 그의 손에 닿지 않았을 것이다. 세상과 대결하는 맨몸의 자의식을 나는 그의 시에서 보았도다.

타인과의 어떤 만남도 참된 만남은 아니라는 시인의 비극적 인식은, 나를 안다고 말하지 말라"는 절규로 이어진다. 그러나 '나는 너를 모른다'고 시인이 거듭거듭 외칠 때 독자인 내가 그 부정문 속에서 읽는 것은 강한 부정 속에 숨어 있는, 숨어 있기 때문에 더욱 무서운, 무섭기 때문에 숨을 수밖에 없었을 밖에 대한, 세계에 대한 순결한 소통에의 욕망이다.

그가 타인과 세계를 부정하는 것이, 타인과 세계를 너무나 강하게, 근본주의적으로, 욕망하기 때문이라는 사실을 나는 알아차렸다. 그는 윤리나 종교나 이념이 아닌, 삶 자체에 대한 원리주의자이다. 원리주의자는 욕망하는 바가 너무 크고 추구하는 바가 절대이기 때문에 언제나 세상과 사이가 나쁘고, 때때로 공격적으로 변한다. 상처를 입거나 상처를 입히는 것은 그 때문이다.

어떤 세계보다 더 크고 복잡한 세계를 자기 안에 가진, 그래서 자기 안의 미궁이 아닌 어떤 세계에 대해서도 아직 관심이 없는 한 정신이 나를 홀렸다. 알 수 없는 친근감이 내 안에서부터 솟구쳤다. 시인이 들으면 입술을 비틀고 웃을지 모르지만, 그 시를 읽으면서 내가 느낀 것은 일종의 동류의식이었다.

내 안의 목소리를 들은 것 같았고, 그랬으므로 나는 행복했다. '나는 너를 모른다'는 말을 들으면서 나는 행복했다. 나를 안다고 말하지 말라는 말을 들으면서 나는 마조히스트처럼 행복했다. "내가 살아 있다는 것, 그것은 영원한 루머에 지나지 않는다"는 비장한 선언문을 들으면서 나는 너무 행복해서 혼절할 지경이었다.

내가 살아 있다는 것, 그것은 영원한 루머에 지나지 않는다. 조금 과장해서 말하자면, 이 한 문장으로 나는 나의 불안한 20대를 달래며 건너왔다.

마흔이 넘은 지금, 세상과의 사이는 겉으로 보기에는 그럭저럭 좋아졌다. 시간의 선물일까. 20대보다는 덜 날카롭고 더 평평해졌다. 가끔 거울을 본다. 얻은 것이 잃은 것보다 더 값지다고 말할 수 있는지 자신 없어지는 순간이 많다. 그럴 때면 그 시절의 자의식을 불러내기 위한 주문처럼 입에 붙은 그의 시 구절을 가만히 읊조리곤 한다.

남북을 융화시켜 준
나의 애송시

북에 있으면서 이 소월의 〈산〉을 비롯, 임화의
〈우리 오빠와 화로〉, 〈고향을 지내며〉, 박팔양의
〈진달래꽃〉 등을 달달 외우며 애송하였는데,
결국 월남해서도 지난 50년 간 변함없이
애송해 오는 것이 바로 소월의 시 〈산〉이다.

이호철

김소월 ― 산

1932년 북한의 원산에서 태어났다. 1955년 《문학예술》로 등단했으며, 장편소설 《남녘사람, 북녘사람》
《소시민》《남풍북풍》《그 겨울의 긴 계곡》《문》《서울은 만원이다》 등과, 중편〈1970년의 죽음〉〈퇴역 선임하
사〉등, 단편 〈탈향〉〈나상〉〈판문점〉〈닳아지는 산들〉〈이산타령 친족타령〉〈큰산〉 등이 있고, 수필집 《세기
말의 사상기행》《산올리는 소리》 등이 있다. 현대문학상 동인문학상, 대산문학상, 예술원상을 수상했다.

산

김 소 월

산새도 오리나무
위에서 운다.
산새는 왜 우노 시메산골
영(嶺) 넘어 가려고 그래서 울지.

눈은 내리네, 와서 덮이네.
오늘도 하룻길
칠팔십리
돌아서서 육십리는 가기도 했소.

불귀(不歸), 불귀 다시 불귀,
삼수갑산에 다시 불귀.
사나이 속이라 잊으련만,
십오년 정분을 못 잊겠네.

산에는 오는 눈 들에는 녹는 눈
산새도 오리나무
위에서 운다.
삼수갑산 가는 길은 고개의 길

남북을 융화시켜 준 나의 애송시

　　내가 김소월이라는 시인의 시를 처음 접한 것은 1945년 가을, 해방 직후 열네 살 때였다.

　　다행히 나는 일제 치하 여섯 살 때 이미 누님에게서 한글을 배워 알고 있었는데, 그래서 자연 해방 직후에는 같은 학급 동료들이 나를 무척 부러워하곤 했었다. 왜냐하면 우리는 1939년 초등학교에 입학하자마자 금방 우리 글, 한글이 없어지는 비운과 맞닥트렸었지만 나는 여섯 살 때 초등학교 3학년이던 열 살 누님에게서 배운 그 한글을 8년 동안이나 깊숙이 안으로 감춰 두고 있었던 것이다.

　　그렇게 해방이 되자, 열네 살 소년으로 한글을 달달 읽어 내 학급 동료들의 부러운 눈길을 독차지했었는데 그러고 보면 내가 우리 글로 된 책을 맨 처음 산 것도 1945년 가을, 최현배 선생의 《한글의 바른 길》이었다.

　　이런 일들은, 내가 지난 근 50년 간 애오라지 문학의 길로 헌신해 온 운명적 조짐이 아니었을까, 하는 생각을 요즘 갖게 한다.

　　아무튼 그렇게 문학의 길로 들어섰는데 그 무렵은 원체 책이라는 것이 귀한 때라, 문학적 정열만 갖고서 될 일은 아니었다.

　　한데, 마침 운 좋게도 소설가 박찬모 씨가 내 큰 자형(姉兄)의 친형인 데다, 해방 직후 그때는 그이가 임화가 주도하던 문학가동맹의 사무총장으로, 노상 서울에 체류해 있어 그이의 빈 서재 책들은 내 문학적 호기심을 양껏 자극하고도 남았다.

일본 신조사 판 37권짜리 세계문학전집뿐만 아니라 벽초의 임꺽정을 비롯, 이광수, 김동인, 염상섭, 이기영, 한설야, 이태준, 박태원, 이상 그리고 시인으로서도 김소월, 임화, 박팔양 등과 쉽게 만날 수가 있었던 것이다. 결국 그렇게 큰 누님을 통해 대여섯 권씩 빌어다가 읽어 낸 것이 오늘의 나를 형성시켰던 것이다.

특히 이 자리서 솔직하게 털어놓거니와, 처음에 그렇게 우리 시나 소설들을 읽다가 차츰 신조사 판 세계문학전집을 비롯한 일본어 서적들을 접하면서 셰익스피어, 괴테, 단테, 톨스토이, 스탕달, 위고, 발자크, 플로벨, 모파상, 투르게네프, 고골리, 도스토예프스키, 푸슈킨, 체호프, 고리키 그리고 미국작가로도 에드가 알렌 포, 호손, 그 밖에도 등등을 읽어 내면서는 태반의 우리 소설이나 시들은 도무지 구질구질해서 읽을 수가 없었다.

그러다가 다시 내가 우리 소설과 시로 돌아오는 것은 월남한 뒤, 부산에서 본격적으로 내 글을 발표할 길을 모색, 그렇게 비로소 우리 작단이라는 것을 의식하면서 김동리의 몇 작품과 황순원, 서정주, 유치환 등의 시를 읽으면서였다.

그중에서도 특히 소월 시의 몇 편만은 세계문학을 섭렵하면서 우리 소설이나 시를 사그리 구질구질하게 여기는 속에서도 거의 유일하게 내 가슴 한복판에 남아 있던 주옥이었다. 그리고 특히 부산 시절, 우연히 조연현의 쬐끄만 저서에서 서정주의 시 〈문둥이〉를 접했을 때의 그 놀라움은 지금 이 순간까지도 선연하다.

"해와 하늘빛이 문둥이는 서러워, 보리 밭에 달 뜨면 애기 하나 먹고, 꽃처럼 붉은 울음을 밤새 울었다"라던 그 짧은 시……!

각설하고,

그렇게 소월 시 중에서도 〈산〉을 처음부터 무척 좋아하였는데, 그 무렵 북에 있으면서 이 소월의 〈산〉을 비롯, 임화의 〈우리 오빠와 화로〉, 〈고향을 지내며〉, 박팔양의 〈진달래꽃〉 등을 달달 외우며 애송하였는데, 결국 월남해서도 지난 50년 간 변함없이 애송해 오는 것이 바로 소월의 시 〈산〉이다.

이 시는 특히 내가 산행을 즐기게 되면서 지난 30여 년 동안 홀로 산행을 할 때면 거의 어김없이 한두 번씩 꼭꼭 혼자서 읊곤 한다.

지난 1998년 8월, 《동아일보》 취재단과 함께 북한으로 처음 들어갔을 때였다. 9박 10일 간 체류하는 동안에도 나는 이 시를 두서너 번이나 읊었었다.

첫날 저녁 첫 식사 자리에서 술도 거나하게 올라 양껏 시흥을 돋우며 나름대로 공을 들여 읊어 나갔었는데 다 읊고 나자 자리는 물을 끼얹은 듯이 조용해졌다.

나는 술 기운도 조금 올라 있는 것을 빌미로 잇대어서 다시 말했다.

"열네 살 때 일제 사슬에서 해방된 뒤, 이곳 북에서 저는 이 시를 처음 접했습니다. 그리고 열여덟 살 소년으로 단신 남쪽으로 나가 살면서도 지난 50년 동안 혼자서 이 시만은 변함없이 애송해 오고 있습니다.

이 시가 왜 좋으냐, 왜 이다지도 좋으냐. 실은 저도 잘은 모르겠습니다. 아무튼 좋기만 합니다. 눈물 나게 좋기만 합니다. 이 시의 내용이나 사연? 그런 것도 저는 잘은 모르겠습니다. 그저 젊었을 적 김소월이 어쩌다 삼수갑산에를 들어갔다가, 가도가도 산뿐인 그곳이 지겨워서 무척 혼쭐이 나고 아예 학질을 떼었던 모양이구나 하고 아슴아슴 짐작될 뿐입니다.

그렇게 이 시의 구체적인 사연이나 내용은 딱히 알 수 없지만, 다만 이렇게는 이야기할 수 있겠지요. 일제에 맞서 온몸을 불살라 형장의 이슬로 사라졌던 안중근 의사나 신채호 의사가 계십니다만, 그이들의 그 조국 독립을 향한 뜨거운 단심(丹心)을 오늘도 우리 후대들은 응당히 높이 모시고 기립니다만은, 그이들이 그렇게 조국 제단 앞에 온몸을 불사를 때 김소월이라는 청년은 과연 뭘 했느냐, 고작 이런 청승이나 떨고 앉았었느냐 하고 폄하(貶下)할 수도 있겠습니다만, 저는 단연코 그렇게 생각하지는 않습니다.

김소월은 김소월대로, 제 생긴대로, 제 성향대로, 그이의 시심(詩心)으로써, 그 식민지 치하를 노상 감기 앓듯이 앓았던 것이지요.

감기 앓듯이 말입니다. 실제로 당대의 우리 농민들을 비롯한 태반의 민중들은 하나같이 꼭 김소월처럼 앓았던 것은 아니었을 터이지만, 각자 생긴 만큼으로들 각자대로 앓았던 것이 아니었을까요. 그야, 안중근 의사나 신채호 의사에 비긴다면야, 김소월이나 당대의 일제 치하를 그저 각자 형편대로 오로지 견디기만 하며 살아갔던 태반의 우리 민중들이 비리비리해 보일런지 모르고 사실로 그러하지만, 저는 결코 그렇게 생각하지는 않습니다.

소월도 소월대로 그 시대를 그이의 시심으로서 감기 앓듯이 매일 매일 시름시름 앓았었으니까요. 그이는 그렇게 앓으면서 식민지 치하 당대의 우리 산천의 서글픔까지를 읊어 냈던 것이지요. 그렇게 그 자국으로서 이런 시가 있습니다.

그리하여 저는 지난 50년 간 이 시를 애송해 오고 있지요……!"

내 일같이 조금 지나친가? 듣기에 따라서는 현 북쪽 체제의 어느 일면을 건드리는 것으로 들릴 법도 하였지만, 자리는 더욱 물을 끼 없은 듯이 조용해졌다.

바로 그 순간이었다.

내 왼편 자리에 앉았던 그쪽 안내원 동무 하나가 나를 조금 째려 보듯 하며 자리에서 슬그머니 일어서는 것이 아닌가. 그 눈길은 대강 이러하였다. '이게, 여기가 대체 어딘 줄 알고 제 마음대로 이렇게 설치려고 들지?!' 그리고는 출입문 쪽으로 아예 방 밖으로 나가고 있었다. 나로서도 그냥 기 죽을 수는 없어, 맞은편 미남자 동무를 보며(지난번 금강산에서 열렸던 남북 장관 회담 때 북측 장관으로 나왔던 김영선. 바로 그 사람이었다) 한마디 꿍얼거렸다.

"저 동무, 내가 그런 청승맞은 시 읊으니까 기분 나쁘다고 나가는구먼."

맞은편 자리의 그이도 싱얼싱얼 웃으면서 받았다.

"아닙니다. 그런 오해 마시라요. 저 동무는 원체 아랫사람들을 잘 챙기는 것으로 이골이 나 있어 지금도 옆방에서 저녁들을 먹고 있는 사진기사랑 자동차 운전기사랑 술이라도 한잔씩 권할려구, 그럴려구 잠깐 나갔을 겁니다. 이제 보시라요. 금방 돌아올 테잉까."

"어디 두고 봅시다. 진짜로 그런가" 하고 나도 받아넘겼는데 아니나 다를까, 좀 전에 나갔던 그이가 금방 돌아와서 조금 전에 앉았던 내 옆자리에 다시 앉고 있었다. 나는 그렇게 마악 내 옆에 좌정하는 그이에게 거리낌이라곤 없이 대뜸 물었다. 물론 술도 거나하게 올라 있었지만, 보다 더 나는 처음부터 추호나마 쭈볏거리지 않고 내 마음부터 타악 열어 보이면서 기탄없이 대응하리라고 아예 작심을 하고 있었던 것이었다.

"동무, 내 그 시 읊는 거 듣고 삐쳐서 나갔지?"

그러자 그이는 나를 보지 않고 맞은편의 그 동료 미남자, 김영선 씨(지난번의 그 장관)를 건너다보며 한마디 지껄였다.

"저런 시도 거, 들어 보잉까 좋네!"

그건 틀림없이 그이의 진정이었다. 그 점은 금방 확인이 되었다.

그러자 웬일인가. 남북간에 시종 어석버석하고 데면데면하기만 했던 자리가 어느새 눈 녹듯이 사라지고, 서로가 비로소 편편하게 급히 급히 어울려 들던 것이었다. 그렇게 나는 일말의 보람마저 느꼈었다.

고통이 쏘아 올리는
폭죽, 그 축제의 날들

사소한 아픔조차도 같은 질량으로 경험해 보지 않
은 자는 결코 온전하게 공감할 수 없다는 말은 옳다.
이해나 납득은 할지언정. 경험에 의한 공감,
동병상련(同病相憐)이야말로 사람과 사물과
사랑의 본질을 꿰뚫는 정(釘)이 아닐런지.

정현종 ― 고통의 축제(祝祭)

― 편지

정길연

1961년 부산에서 태어나 서울예대 문예창작과를 졸업하였다. 1984년 중편 〈가족수첩〉으로 《문예중앙》
신인문학상을 수상, 등단하였다. 작품집으로는 《다시 갈림길에서》와 《종이꽃》이 있으며, 장편소설로는
《내게 아름다운 시간이 있었던가》《변명》《사랑의 무게》《가끔 자주 오래오래》 등이 있다.

고통의 축제(祝祭)
— 편지

계절이 바뀌고 있습니다. 만일 당신이 생(生)의 기미(機微)를 안다면 나는 당신을 사랑합니다. 말이 기미지, 그게 얼마나 큰 것입니까. 나는 당신을 사랑합니다. 당신을 만나면 나는 당신에게 색(色) 쓰겠습니다. 색즉시공(色卽是空). 공시(空是). 색공지간(色空之間) 우리 인생. 말이 색이고 말이 공이지 그것의 실물감(實物感)은 얼마나 기막힌 것입니까. 당신에게 색(色) 쓰겠습니다. 당신한테 공(空) 쓰겠습니다. 알겠습니다. 편지란 우리의 감정결사(感情結社)입니다. 비밀통로입니다. 당신에게 편지를 씁니다.

식자(識者)처럼 생긴 불덩어리 공중에 타오르고 있다.
시민처럼 생긴 눈물덩어리 공중에 타오르고 있다.
불덩어리 눈물에 젖고 눈물덩어리 불타
불과 눈물은 서로 스며서 우리나라 사람 모양의 피가 되어
캄캄한 밤 공중에 솟아오른다.
한 시대는 가고 또 한 시대가 오도다, 라는
코러스가 이따금 침묵을 감싸고 있을 뿐이다.

나는 감금(監禁)된 말로 편지를 쓰고 싶어하는 사람이 아닙니다. 감금된 말은 그 말이 지시하는 현상이 감금되어 있음을 의미하지만, 그러나 나는 감금될 수 없

178

는 말로 편지를 쓰고 싶습니다. 영원히. 나는 축제주의자(祝祭主義者)입니다. 그 중에 고통의 축제가 가장 찬란합니다. 합창 소리 들립니다. 〈우리는 행복하다〉(까 뮈)고. 생(生)의 기미를 아는 당신을 사랑합니다. 안녕.

고통이 쏘아 올리는 폭죽, 그 축제의 날들

정말이다. 시를 꿈꾸던 한 시기가 있었다. 시인이 되기를 꿈꾸던 한 시기가 있었다. '지금은'이라고 묻는다면 '여전히 그렇다'라고 말할 수 있겠다. 들고 파도 물건 안 되는 소설이나, 보람없어 뵈는 소설가 노릇에 염증을 느껴서는 아니다.

한계를 느껴서도 아니다. 물론 한계를 느끼고야 있지만—그것도 처절하고 철저하게—한계는 어쩌면 처음부터 있어 왔다, 라고 생각하고 있으니까. 단지 시란, 시인이란, 내 남루한 문학의 출발점이었기 때문에 나날이 새롭게 꿈꾸는 것이다.

시를, 시인을 꿈꾸었던 한 시기의 순정과 열정을 지금도 유효한 것으로 되살리고 싶기 때문에 버리지 못하는 것이다. 살아서의 마지막 사랑을 접을 때까지도 잊지 못하겠는 첫사랑처럼. 그랬다. 시는 나의 첫마음이었다.

〈고통의 축제―편지〉는 세 번 만났다. 오다가다 스치듯 마주친 경우는 제외하고.

첫 대면은 내가 열여섯 살이던 해에 이루어졌다. 1976년 여고 1학년이었을 때니까, 세상에, 아득도 해라. 벌써 25년 묵은 기억이 아닌가. 시라기보다는 그저 괴괴한 끼적거림에 지나지 않았을 글장난을 막 치기 시작할 무렵이었다. 그 무렵 나는 부러 버스를 타고 시내에 있는 서점에 나가 시집이나 화집들을 한 번에 몇 권씩 사들고 돌아오곤 했는데, 학교나 집 근처 서점들에서는 구하기 쉽지도 않았거니와, 내간엔 참고서가 아닌 '특별한 책'에 대한 수고로움을 아끼지 않고 싶어서였던 것 같다. 문화적 행각에 대한 겉멋 취향도 좀 있었던 것 같고.

그렇게 해서 정현종 선생의 시집 《고통의 축제》를 비롯해 고은, 김춘수, 박재삼, 황동규…… 선생들의 시집들이 내 방 책꽂이에 차곡차곡 늘어 갔다. 구식 타이프라이터로 정서한 나의 습작시들도 한 편 두 편 늘어 갔으며. 그렇다고 그때 내가 시의 맛과 멋을 제대로 알았을 리가 없다.

입에 달고 웅얼웅얼 외기야 했지만. 아는 척, 서투른 폼을 잡는 용도로 활용하는 데 우쭐한 재미를 들였을 것이다. 기껏해야. 문예반, 문학소녀, 그런 타이틀을 소화해 내자니…… 나도, 선생들의 아름다운 시들도 고생이었다.

두 번째 만남은 1980년 봄에 이루어졌다. 세상 한켠에서는 피비린내의 전조가 아지랑이처럼 들썩이고 있는데 어쩌자고 나는 몽롱하고 철없는 청춘이었다. 대학 진학도 하지 않은 채 집 떠난 자취방에서 빈둥거리는 생활은 그런대로 나쁘지 않았다.

여러 종류의 책을 읽었고, 시를 습작했고, 이미 시인이 되었거나 시인을 꿈꾸는 희망동업자들과 문학적 사교활동을 했지만, 바깥에서 보면 나는 백수였다. 무소속이었다. 《고통의 축제》는 알 듯 모를 듯했다.

그러다 시인을 만났다. 아니, 조금 떨어져서 보았다. 서울 남산 독일 문화원에서 주최한 문학 행사에 선배 몇몇과 몰려가서였는데, 그 자리에서 흰 머리카락이 듬성듬성 섞인 정현종 선생이 자선(自選) 시편들을 직접 낭송했던 것이다.

〈사물(事物)의 꿈 1〉, 〈그대는 별인가─시인(詩人)을 위하여〉, 〈교감(交感)〉, 그리고 〈고통의 축제─편지〉를 흥건한 마음으로 들었다. 들고 다니던 시집 《고통의 축제》에 수록된 같은 제목의 시 옆에 각진 연필 글씨로 '80년, 4월 16일, 시인의 밤'이라고 적어 둔 그날이었다.

활자로 읽혀지는 시와 음악처럼 소리로 들려지는 시, 미지의 시인과 실물감으로 다가오는 시인. 시 속의 의미와는 다를 테지만, 아무튼지간에 '실물감이란 얼마나 기막힌 것'이었던지, 나는 문득 그 시들을 온전히 이해할 것 같은 착각에 빠졌다. '감정결사(感情結社)'까지는 못 되더라도. 일방적인 친밀감의 부작용이었다.

후일담처럼 덧붙이면 이듬해 나는 백수 생활을 접고 소속을 가졌다. 그리하여 선생의 시창작 강의를 듣는 학생이 되었다. 시를─궁극적으로는 문학을─꿈꾼다는 것이, 사랑을 꿈꾼다는 것이, 꿈꾸는 삶을 꿈꾼다는 것이, 고통을 수긍하는 과업이라는 사실을 조금씩 깨달아 가기 시작했다. 고통이란 존재의 필연이며, '고통의 축제'란 탈(脫)고통의 몸부림인 동시에 자학적 승화인 것을 어렴풋이나마……. 아직도 내 영혼의 그물은 성기고 엉성해서 '생의 기미'를 감지하기보다 놓치는 일이 더 자연스러웠지만 말이다.

〈고통의 축제─편지〉를 다시 만난 건 올여름이었다. 세 번째에 마음의 눈이 확 열렸다. 누구나 자기 방식으로 시를 독해하고 상상하고 받아들이겠지만, 수상쩍기도 해라, 〈고통의 축제─편지〉는 뒤늦게 한 편의 연시(戀詩)로 내게 스며들었으니. 이십 년을 훌쩍 뛰어넘어서, 그때는 미처 몰랐거나 덮어 두었던 물밑의 진실이 불쑥 수면으로 떠오른 것처럼. 그랬으니 기막힌 해후라고 해야 할까. 이런 해후를 봉변이라고 해야 하나, 황홀이라고 해야 하나. 때 아닌 감상(感傷)일 수도, 아전인수의 비약일 수도 있으리라. 그러나 번지수가 틀렸으면 어떠랴. 독자의 오독을 감수할 수밖에 없는 것이 모든 시인의 운명일 터인즉. 부디 시인이여, 용서하시길.

어려서는 혐오에 가까운 악감정으로 멀리했던 유행가의 가사들이 천하 없는 진리로 가슴을 메운다. 이전 같았으면 입술을 비틀며 눈물샘의 반란을 경계했을 신파조의 드라마나 영화에 넋 놓고 물기를 빼기도 하며. 군더더기 없이 뽑아낸 형식보다는 서툴더라도 훈김 나는 내용에 곧잘 솔깃해지고. 어떤 시와 어떤 사람과 어떤 사랑과 어떤 생에 동감(同感)하는 데 꼭 필요한 것을, 세련된 안목이나 크나큰 포용이나 정교한 논리로 여기지도 않을 것이며.

사소한 아픔조차도 같은 질량으로 경험해 보지 않은 자는 결코 온전하게 공감할 수 없다는 말은 옳다. 이해나 납득은 할지언정. 경험에 의한 공감, 동병상련(同病相憐)이야말로 사람과 사물과 사랑의 본질을 꿰뚫는 정(釘)이 아닐런지. 〈고통의 축제—편지〉를 새롭게 읽으면서 이전에는 내가 느끼지 못했던 행간의 호흡들을 내 숨결인 듯 들이쉬고 내쉴 수 있었던 것도 그래서가 아니었을까.

이제 이 나이에, 이 사랑에 이르러서야 뭔가가 보이는 것 같고 알 것 같다. 생의 기미들은 저절로 감지되고, 어떻게 생의 고통스러운 순간순간이 폭죽 환히 터지는 축제의 매순간으로 빛나게 되는지를……

미래의 어느 날에도 지금은 모른 채 넘어간 사실들에 불현듯 무릎을 탁 치게 되겠지만.

영혼의 본향(本鄕)을 향하여

그런데……
전봉건의 눈물이 어디로 증발했기에 그는 이미 이
세상 사람이 아니란 말인가.
50년대에 그리도 외롭고 쓰리게 감추어 두었던
눈물을 어디에 다 쏟았기에
그는 이미 떠나고 없는 것일까……

전봉건 ― 물

정연희

1936년 서울에서 태어나, 1957년 이화여대 3학년 재학 시절 《동아일보》 신춘문예에 단편소설로 당선하였다. 1964년부터 이화여대와 평생교육원에 출강하였다.
장편소설 《내 잔(盞)이 넘치나이다》《난지도》《양화진》《여섯째 날 오후》 등과, 수필집 《한 낮에 촛불을 켜고》, 시집 《외로우시리》 등이 있다. 대학민국문학상, 윤동주문학상, 한국문학작가상, 김동리문학상, 한국소설가협회상, 유주현문학상 등을 수상했다. 현재 한국여성문학인회 회장이며, 《주부편지》 발행인이다.

물

나는 물이라는 말을 사랑합니다

웅덩이라는 말을 사랑하고

개울이라는 말을 사랑합니다

강이라는 말도 사랑하고

바다라는 말도 사랑합니다

또 있습니다

이슬이라는 말입니다

삼월 어느 날, 사월 어느 날, 혹은 오월 어느 날

꽃잎이나 풀잎에 맺히는

아마도 세상에서 가장 작은 물

가장 여리고 약한 물, 가장 맑은 물을 이름인, 이 말과 만날 때면

내게서도 물 기운이 돌다가

여위고 마른 살갗, 저리고 떨리다가

오, 내게서도 물방울이 방울이 번지어 나옵니다

그것은 눈물이라는 물입니다

영혼의 본향(本鄕)을 향하여

숨찬 일상(日常)을 멈추게 만들고, 숨결 가다듬게 만드는 한 가지. 영혼을 흔들어 미풍처럼 다가오는 시 한 편이다. 시인의 혼은 숭어나 연어 같다. 미친 듯이 휩쓸려 치닫는 세기말(世紀末)을 거슬러 영혼의 본향을 찾아 전신을 찢겨 가며 올라가는 한 마리 물고기처럼—외롭고 처절한 고통으로 알주머니를 만들어 본향에서 기어이 부화(孵化)시키는 생명. 그렇게 시는 태어날 것이다. 그렇게 태어난 시는 영혼의 본향이 같은 사람끼리, 그 본향을 향하여 함께 걸어가는 사람의 혼(魂)이 알아보고 혼으로 읽게 마련.

이름을 문패 삼거나, 삶을 희석시키는 부박성(浮薄性)에 들뜨는 일 없는 시인의 노래는 그래서 운명적으로 외롭다.

진실의 무게에 삶을 얹어 사는 시인의 노래라면 어느 것이 더하고 어느 것이 덜할 것이 있을까. 외로움으로 영혼을 앓는 사람의 혼이, 그렇게 아픈 아픔으로 낳은 시를 만났을 때, 그 시는 그가 가고 있는 고독한 길의 길동무.

아마 세상은 시인이 있는 한, 아주 망하는 일은 없을 것이다.

전봉건. 시인. 언뜻 보면 싱거워 보이던 사내. 그런데 그 미소가 항상 쓸쓸하던 남자.

장대하다고까지 할 수는 없었지만 키가 큰 사내였다. 그 큰 키가 외로워서 어깨와 등이 그리 구부정했을까. 참담한 폐허 속에서 키가 큰 것이 미안한 듯, 먹을 것, 입을 것이 없는 생활 속에서 몸집 큰 것이 송구한 듯, 그의 어깨는 늘 구부정했다. 그는 월북한 형님 때문에 오랫동안 기를 못 펴고 살았다.

그랬어도 그는 가난이라는 연좌제(連坐制), 전쟁이라는 연좌제, 외로움이라는 시인의 천형(天刑)에 대하여 엄살하지 않았다.

1950년대. 전쟁에 쫓겨 달아나며 버려졌던 수도(首都)는, 3년 만에 환도(還都)를 했지만 눈을 둘 곳이 없을 만큼 부끄러웠다. 북악산도 남산도, 서울의 폐허를 차마 바로 볼 수 없어하듯 눈을 뜨지 못하고 있었다. 무너지고 부서져 가루가 된 세월. 발길이 닿는 곳마다 죽음의 흔적조차 제대로 남지 않은 남루(襤褸), 그것이 서울이었다.

그래도 피난살이가 이어지던 동안, 서울은 그 이름만으로도 눈물이었다. 거렁뱅이가 따로 없던 피난살이, 살던 곳, 집이 있던 마을로 돌아가기만 하면 새로운 삶이 시작되리라고 믿었던 그 시절. 대문도 날아가고 방문짝도 없어진 집에, 그래도 폭격으로 집이 아주 날아가지 않은 것만 감사하며 모포로 문짝 삼아 시작한 서울살이. 먹을 것도 없었고 입을 것도 없었다. 목숨이 그렇게도 모질던지……

그런 시절에 인사동에는 '르네상스'라는 음악감상실이 열리고, 굶

주린 배를 안고 차 한 잔 값도 없이, 창고를 개조하여 만든 그 컴컴한 음악의 집을 사람들은 찾아갔다. 하루 종일 앉아 있어도 내어쫓기지 않는 집이라고는 거기밖에 없는 듯…… 휴전이라는 명분으로, 전쟁이 끝난 듯했으나, 희망의 싹은 어디에도 보이지 않던 가난. 그런 시절에 시인들은 마음이 가난한 자가 되어 시를 썼다.

전봉건, 성찬경, 박인환, 박희진, 박재삼…… 1930년대의 시인들이 조국이라는 운명을 족쇄처럼 끌고 시를 썼다면 1950년대의 시인들은 극한 상황의 벼랑 끝에서 인간의 참담을 목에 걸고 시를 썼다. 박인환은 〈목마(木馬)와 숙녀(淑女)〉를 노래하다가 요절했다.

그들은 가난한 술집에서 "지금 그 사람 이름은 잊었지만……" 가사(歌辭)를 단번에 써 내고, 이진섭이 곡을 붙여 샹송을 만들어 내던 달콤한 슬픔의 계절 속에 살았다. 탄약 냄새가 가시지 않은 서울 거리에서, 허기진 배를 졸라매고 음악을 들어 가며 담배꽁초에 손가락 끝을 태워 가며 시의 세계에서 한눈 파는 일 없이 살던 시인들이 있었다.

그들은 보이지 않는 구석에서 울고울고 또 울다가 눈물이 마르면 숨을 거두었는가. 박인환은 그렇게 떠나가고, 남은 친구들은 가난한 술집의 술로 눈물을 만들어 그가 남긴 노래를 노래하며 울었다.

전봉건은 천국을 잃어버린 실향민. 그는 인사동의 컴컴한 창고 르네상스에 앉아 음악의 날개에 실려 잃어버렸던 하늘나라를 향하여 날아가 보려고 했다. 사람을 만나면 싱거운 미소로 자신의 쓰라림을 감추던 시인. 50년대의 시인들은 매일 어울려 술 마시고 매일 어울려 차도 마시고, 어느 날은 명동의 찻집 청동에서, 더러는 르네상스에서 하루를 뭉개고 동방살롱에서 의자가 닳도록 앉아 있었어도 외로움과 외로움은 각자의 것으로 더욱 깊이 뿌리내렸다.

그리고 그들은 몰래 울었다. 어울릴 때는 어울려 있으면서 외로워서 울었고, 혼자 있을 때면 절망조차 닿지 않는 외로움 때문에 울었다. 그러다가 그 눈물이 마르면 숨도 끊어졌다.

그 무렵, 르네상스에서 어떤 젊은 장교(將校)가 권총 자살로 삶을 마감했다. 이따금 혼자서 들러, 몇 시간이고 음악을 듣다가 돌아가는 육군 장교를 눈여겨보는 사람은 없었다. 그저 시대의 우울증을 앓는 젊은이겠거니 했고, 음악을 들으며 고뇌의 해법을 찾아내기를 막연하게 바랐을 뿐이다.

낯은 익었으나 누구와 이야기를 나눈 일이 없었으니 그에게 무슨 괴로움이 있었는지 구체적인 것을 알 만한 사람도 없었다. 그날, 그 시간 르네상스 DJ는 베토벤의 〈열정(熱情)〉을 열어 놓고 있었다. 젊은이는 그 곡을 듣다가 갑자기 발작적으로 허리에 차고 있던 권총을 빼어 자신의 관자놀이를 쏜 것이다.

아아, 그에게는 울고 싶어도, 울고 싶어도 단 한 방울의 눈물도 남아 있지 않았던가. 눈물의 샘이 말라 그렇게 죽을 수밖에 없었는가.

전봉건, 성찬경 등…… 50년대의 신인들은 그러한 죽음을 껴안고 시를 썼다. 그 젊은이의 죽음은 그 자신만의 죽음이 아니었다. 그 죽음은 그 당시를 살던 모든 생명의 슬픔에 방아쇠를 당긴 것일 뿐.

그러나 전봉건에게는 눈물이 있었다. 누구에게도 들키지 않고 간직한 눈물이 있었다. 아무리 쓰리고 아파도. 아무리 외롭고 처절해도 가슴 한구석에 숨겨 둔 눈물을 흘리지 않고 견딘 비밀이 있었다. 웅덩이, 개울, 강, 바다라는 이름을 사랑했고, 이슬이라는 이름을 가슴에 품고 있었지만.

삼월 어느 날 사월 어느 날, 혹은 오월 어느 날/꽃잎에나 풀잎에 맺히는/아마도 세상에서 가장 작은 물,/가장 여리고 약한 물/가장 맑은 물을 이름인, 이 말과 만날 때면/내게서도 물기운이 돌다가/여위고 마른 살갗 저리고 떨리다가/오. 내게서도 물방울이! 방울이 번지어 나옵니다. 그것은 눈물이라는 물입니다

그렇게 영혼의 구석방에 감추어 둔 눈물은 그의 구원이었으리라. 눈물만이 그의 구원이었으리라.

몇 년 전 연말, 문우(文友)들이 모인 자리에서 조구자 시인이 문득 이 시를 낭송했을 때, 반가움과 회한은 각기 다른 화살이 되어

한꺼번에 내 가슴을 찔렀다. 아! 이 시를 지금까지 간직한 시인이 있었구나……. 조구자 시인의 시 낭송은 전봉건의 눈물이 된 듯 내게로 흘러왔다.

그런데…… 전봉건의 눈물이 어디로 증발했기에 그는 이미 이 세상 사람이 아니란 말인가. 50년대에 그리도 외롭고 쓰리게 감추어 두었던 눈물을 어디에 다 쏟았기에 그는 이미 떠나고 없는 것일까……. "여위고 마른 살갗, 저리고 떨리다가 오! 내게도 물방울이 방울이 번지어 나옵니다. 그것은 눈물이라는 물입니다" 이승에서 그는 눈물을 다 쏟았는가. 그리고 그 눈물의 강을 거슬려 영혼의 본향을 향하여 떠났는가.

고요한 따뜻함

〈사평역에서〉의 세계는 한 폭의 흑백사진처럼 고요하다.
'사평역'의 고요가 품고 있는 것은 따뜻함이다.
그것은 대합실 안에서 지펴지고 있는
톱밥난로의 따뜻함이기도 하고,
톱밥난로 곁에서 불을 쬐고 있는 이들이 느끼는
따뜻함이기도 하며, 삶에 절망한 사람들을 향하는
시인의 따뜻함이기도 하다.

정 찬

곽재구 ─ 사평역〈沙平驛〉에서

1953년 부산에서 태어나 서울대 국어교육과를 졸업했다. 1983년 《언어의 세계》로 등단했으며, 소설집 《기억의 강》《완전한 영혼》《아득한 길》, 장편소설 《세상의 저녁》《황금사다리》《로뎀나무 아래서》《그림자 영혼》 등이 있다.

사평역(沙平驛)에서

곽 재 구

막차는 좀처럼 오지 않았다.
대합실 밖에는 밤새 송이눈이 쌓이고
흰 보라 수수꽃 눈시린 유리창마다
톱밥난로가 지펴지고 있었다
그믐처럼 몇은 졸고
몇은 감기에 쿨럭이고
그리웠던 순간들을 생각하며 나는
한줌의 톱밥을 불빛 속에 던져주었다
내면 깊숙이 할 말들은 가득해도
청색의 손바닥을 불빛 속에 적셔두고
모두들 아무 말도 하지 않았다
산다는 것이 때론 술에 취한 듯
한 두름의 굴비 한 광주리의 사과를
만지작거리며 귀향하는 기분으로
침묵해야 한다는 것을
모두들 알고 있었다
오래 앓은 기침소리와
쓴 약 같은 입술담배 연기 속에서

싸륵싸륵 눈꽃은 쌓이고
그래 지금은 모두들
눈꽃의 화음에 귀를 적신다
자정 넘으면
낯설음도 뼈아픔도 다 설원인데
단풍잎 같은 몇잎의 차창을 달고
밤열차는 또 어디로 흘러가는지
그리웠던 순간들을 호명하며 나는
한줌의 눈물을 불빛 속에 던져주었다

고요한 따뜻함

황석영의 장편소설 《오래된 정원》 속에는 다음과 같은 내용이 들어 있다.

남도의 끝을 달리고 있는 기차가 찾아오기도 한다. 기적소리가 길게 끌다가 철교를 건너는 바퀴의 굉음에 소리의 꼬리가 잘린다. 내 귓가에는 덜커덩 텅, 덜커덩 텅, 덜커덩 텅, 타카닥 탁, 타카닥 탁, 하며 소리가 바뀌는 대목도 선명하게 남아 있다. 철교를 건너자마자 다리에서 땅의 침목으로 올라오면서 쇠바퀴가 레일에 걸리는 소리도 변한다. 그 소리의 고즈넉한 변화는 마치 죽음처럼 돌연 찾아온 것만 같다. 화물차를 개조한 객차의 천장은 턱없이 높고 양쪽에 놓은 나무의자들도 자리가 널찍했고 휑한 가운데통로에는 앞과 뒤편에 갈탄을 때는 무쇠난로가 있다. 함석연통이 차창을 통해서 밖으로 비죽이 내밀어져 있다. 평야지대를 지나며 많은 간이역에서 장을 보고 돌아가는 촌사람들이 타고 내린다. 닭이 꼬꼬댁 하면서 나래를 퍼덕거리고 낯선 사투리가 떠들썩하며 개털모자와 물들인 군복 야전점퍼에 하얗게 앉은 눈을 털면서 그들은 차에 오른다. 난로 위에는 고구마나 오징어를 굽는 냄새가 나고 장꾼은 소주잔을 돌리기도 한다. 나도 한잔 얻어 마신다. 차창 밖 들판에는 함박눈이 푸지게도 내린다. 작은 간이역도 빼놓지 않고 느릿느릿 기어가는 기차는 기적소리만은 우렁차다. 눈발에 섞여 스며든 석탄냄새가 매캐하고 방금 올라온 난로에 바짝 접근해 불을 쬐는 노인의 몸에서는 소똥냄새와 삭은 짚의 냄새가 풍긴다. 가고 또 가도 작은 마을과 얼어붙은 시내와 나지막한 언덕들은 끝나지 않고 나무마다 새까맣게 무슨 헝겊 쪼가리처럼 까마귀들이 날아오르내린다. 종점에 가까이 갈수록 사람들은 줄어들고 파장된 장터주막과 비슷하게 빈 의자와 어지러운 승객들의 흔적만 남아 있다. 철교가 연이어 나오기 시작하면 하구는 차츰 넓어져 강 건너편은 아득한 저녁안개에 휩싸여 있다. 눈은 그치지 않았지만 가늘어져서 색만 하얄 뿐 봄날의 송홧가루가 날리는 것처럼 보인다. 아직 해가 다 저물지는 않은 모양인데 기차는 어둑어둑하고 간이역의 출구 앞에는 노란 백열등이 켜져 있다. 누군가 보따리를 안고 나만 남은 객차로 오른다

정치범 오현우가 감옥 속에서 남도의 기차여행을 추억하는 이 부분을 읽던 중 풍경 하나가 떠올랐다. 남루한 사람들이 불을 쬐고 있는 풍경이었는데, 몹시 흐릿했다. 너무나 흐릿해 꿈속의 풍경 같았다. 사람들의 모습도 실루엣으로만 보였다. 그것이 곽재구의 시 〈사평역에서〉의 내부풍경임을 알게 된 것은 잠시 후였다.

내가 〈사평역에서〉를 처음 본 것은 1981년 새해였다. 그 해 《중앙일보》 신춘문예 당선작이었던 것. 80년은 파괴와 죽음의 해였다. 신군부는 5·17쿠데타로 '서울의 봄'을 유린했고, 쿠데타에 유일하게 저항한 남녘도시 광주를 피로 물들였다. 5월 30일 서강대생 김의기

와 6월 9일 노동자 김종태가 광주학살에 죽음으로 항거했지만 언론은 침묵했다. 언론사는 기관원에 의해 장악되었고, 진실은 쓰레기통에 처박혔다. 숙정과 언론통폐합의 회오리 속에서 《창작과비평》, 《문학과지성》, 《뿌리깊은 나무》 등이 강제폐간되었다.

"모든 문화는 말살되었다."

"드디어 암흑시대가 왔도다."

'글의 집'을 잃은 문인들은 서울 시내를 전전하며 밤이 깊도록 통음했다. 9월 1일 학살자의 수령은 대통령에 취임했으며, 12월 1일에는 컬러 텔레비전 방송이 시작되었다. 〈사평역에서〉의 세계는 한폭의 흑백사진처럼 고요하다. '사평역'의 고요가 품고 있는 것은 따뜻함이다. 그것은 대합실 안에서 지펴지고 있는 톱밥난로의 따뜻함이기도 하고, 톱밥난로 곁에서 불을 쬐고 있는 이들이 느끼는 따뜻함이기도 하며, 삶(역사)에 절망한 사람들을 향하는 시인의 따뜻함이기도 하다.

내면 깊숙이 할 말들은 가득해도 모두들 아무 말도 하지 않는 것은 따뜻함 때문이다. 이 따뜻함을 둘러싸고 있는 것은 "흰 보라 수수꽃 눈시린 유리창"과 "눈꽃의 화음"이다. '짐승의 시간'이 뿜어내는 견디기 힘든 냉기 속에서 나에게 다가온 사평역의 고요한 따뜻함은 놀라운 것이었다.

그는 이미 꺼졌을 성싶은 뒤편 난롯가에 털썩 주저앉는다. 머리에는 담요 쪼가리를 찢어 여자들 스카프 매듯이 두르고 어디서 얻어 입었는지 낡은 국방색의 헐렁한 군대 누비코트를 그냥 어깨에 걸쳤다…… 그는 어디로 갈까. 이제는 육지가 끝나버린 항구인데 그는 어디로 향하고 있는 걸까. 도시로 나갔던 이가 거지가 되어서 피로하고 지친 몸을 이끌고 저 자란 마을로 돌아가는 걸까. 주위가 완전히 어두워져서야 그가 내게 말을 붙인다. 담배 있으시면 한 개비 달라고. 나는 부스럭부스럭 호주머니에서 찌그러진 백양담배를 꺼내어 그에게로 다가간다…… 검게 더러워진 헝겊 사이로 담배를 집는 두 손가락만 나와 있다. 코도 뭉그러지고 눈썹도 없다. 애 잡아먹는 문둥이다. 그가 나를 말없이 쳐다본다. 나는 그에게 성냥을 켜서 불을 붙여준다. 그가 말없이 고개를 끄덕해 보인다…… 기차는 바다가 보이는 하구를 따라서 천천히 항구를 향하여 들어서고 있다. 담배를 다 태운 그는 나직하게 거의 들리지 않을 목소리로 노래를 흥얼거리고 있다. 그게 무슨 노래였더라. 울밑에 선 봉선화의 곡조가 아니었는지 가물가물하다.

《오래된 정원》이 그리고 있는 기차 안의 풍경 역시 고요한 따뜻함을 품고 있다. 〈사평역에서〉의 '나'가 《오래된 정원》의 기차 속으로 들어가 오현우의 역할을 해도 어색함이 전혀 느껴지지 않는 것은 고요한 따뜻함 때문이다. 좋은 글의 세계는 이처럼 투명하다.

잘가라 내 청춘

지금 누군가 내게 전화를 걸어 주었으면 좋겠다.
그러면 나는 굳이 〈복자수도원〉이 아니더라도
〈저녁을 위하여〉나 〈청담(淸談)〉, 〈여행〉 같은 이 시인의
다른 시들을 나직나직 낭송하여 줄 수도 있을 텐데.

이진명 ─ 복자수도원

조경란

1969년 서울에서 태어나 서울예대 문예창작과를 졸업하였다. 1996년 《동아일보》 신춘문예에 단편 〈불란서 안경원〉이 당선되어 등단하였으며, 같은 해 장편소설 《식빵 굽는 시간》으로 문학동네 제1회 신인작가상을 수상했다. 장편 《식빵 굽는 시간》 《가족의 기원》 《우리는 만난 적이 있다》, 소설집 《불란서 안경원》 《나의 자줏빛 소파》 중편소설 〈움직임〉 등이 있다.

복자수도원

이 진 명

내 산책의 끝에는 복자수도원이 있다

복자수도원은 길에서 조금 비켜 서 있다

붉은 벽돌집이다

그 벽돌빛이 바랬고

창문들의 창살에 칠한 흰빛도 여위었다

한낮에도 그 창문 열지 않고

그이들 중 한 사람도 마당에 나와 서성인 것 본 적 없다

둥그스름하게 올린 지붕 위에는 드문드문 잡풀이 자라 흔들렸고

지붕 밑으로 비둘기집이 기울었다

잠깐이라도 열린 것 본 적 없는 높다란 대문 돌기둥에는

순교복자수도회수도원(殉敎福者修道會修道院)이라 새겨진 글씨 흐릿했다

그이들은 그이들끼리 모여 산다 한다

저녁 어스름 때면 모두

성의(聖衣) 자락을 끌며 긴 복도를 나란히 지나간다고 한다

비스듬히 올라간 담 끄트머리에는 녹슨 외짝문이 있는데

삐긋이 열려 있기도 했다

숨죽여 들여다보면

크낙한 목련나무가 복자수도원, 그 온몸을 다 가렸다

내 산책의 끝에는 언제나 없는 복자수도원이 있다

잘가라 내 청춘

내가 세상에 태어나 처음 만난 시(詩)는 푸슈킨의 〈삶이 그 대를 속이더라도〉이다. 전문은 이렇다.

"삶이 그대를 속이더라도/슬퍼하거나 노하지 말라/실의의 날엔 마음 을 가다듬고/자신을 믿으라 이제 곧 기쁨이 올지니/마음은 내일에 사는 것/오늘이 비참하다 해도/모든 것은/한순간에 지나가 버린다/그리고 지 나간 것/그것은 그리워지는 것

고요한 겨울숲을 배경으로 씌어진 이 시는 작은 액자에 담겨 있었 다. 액자는 어머니가 아침저녁으로 드나드는 부엌 찬장 위에 걸려 있었다. 밥을 지을 때나 아버지와 다투었을 때, 혹은 내가 훌쩍 집 을 나가 버리거나 자매들이 공부를 게을리 할 때마다 어머니는 이 액자 앞에 하염없이 서 있곤 하였다.

방에 들어박혀 사과를 잘근잘근 씹으며 동화책을 읽다 보면 저쪽 부엌에서 웅얼거리는 소리가 들려왔다. 가만 들어 보면 그건 어머니 가 버릇처럼 읊조리던 푸슈킨의 시였다. 그러나 나는 생각했다. 인 생이란 그런 것, 좀체 화사한 날들은 오지 않는 것.

나는 조숙했고 에고이스트에 가까웠던 것 같다. 푸슈킨의 시는 우

리 집의 가훈이었고 부적이었다.

 이사를 했다. 액자가 보이지 않았다. 어머니는 짐들을 샅샅이 뒤적거렸다. 액자는 보이지 않았다. 거 보라니깐, 그 시는 엉터리라구. 나는 혼자 조롱했다. 액자는 사라졌지만 푸슈킨의 시는 어머니 머릿속에 고스란히 남아 있었다. 액자가 없어도 이따금씩 나는 어머니가 그 시를 외는 소리를 들으며 밥을 먹고 책을 읽고 산책을 다녔다. 그러는 동안 나는 어머니께 빨리 화사한 날들이 오기를 간절히 기원하게 될 나이가 되었다. 그리고 그 시를 아주 잊어버렸다.

 그 시절들로부터 시간이 참 많이도 흘렀다. 이제 어머니는 그 시를 외지 않으신다.

 열정을 못 이긴 일종의 출분(出奔)이 아니었을까. 나는 늘 추워 보이는 얼굴을 한 채 거리를 쏘다녔다. 어머니 몰래 아버지가 슬쩍 건넨 용돈을 받는 날엔 어김없이 책방엘 갔다. 거기서 박용래 시집도 사고 김종삼 시집도 샀다. 강은교 《풀잎》이나 김수영 시집, 미당, 백석의 시집도 샀다. 나는 스무 살이었다.

 나는 곧 열병을 앓기 시작했다. 스무 살. 시를 읽기에는 너무 위험한 나이였다. 밤마다 담요를 망토처럼 두르고 밥상 앞에 앉아 시를 읽고 또 읽었다. 시를 읽다 지치면 시를 썼다. 그 낡은 공책들은 지금도 내 책장들 중 가장 깊숙한 곳에 거꾸로 꽂혀 있다. 그때 무슨 시를 썼는가, 이따금씩 궁금할 때가 있으나 아직 한 번도 꺼내

보진 않았다.

한방을 쓰던 자매들은 내가 저리 꾸부리고 앉아 무엇을 하나, 궁금해했다. 나는 차마 시를 쓰고 있어, 라는 말은 하지 못했다. 대신 나는 〈산정묘지〉나 〈우리가 물이 되어〉, 〈북치는 소년〉 같은 시들을 자매들에게 낭송해 주곤 하였다. 자매들은 발가락을 만지작거리며 낄낄거리다가, 어느 틈엔가 조용해졌다. 시집을 놓고 돌아보면 쿨쿨 잠이 들어 있었다. 아랑곳없이 나는 큰 소리로 시를 읽었다. 등허리가 너무 시려웠다.

"외우고 있는 시를 암송할 수 있는 사람" 하고 강사가 물었다. 잠시 침묵하던 동기들 몇몇이 자리에서 일어나 시를 암송했다. 강의실엔 다시 침묵이 흘렀다. 부끄러웠지만 나는 자리에서 일어났다. 이상희 시인의 〈잘가라 내 청춘〉을 낭송했다.

전문이 4행인 무척 짧은 시다. 나는 많은 사람들 속에서 시를 낭송한다는 사실보다 그토록 짧은 시를 외고 있다는 게 계면쩍었을 것이다. 나는 자리에 앉았다. 그리고 또 속으로 읊조렸다. 잘가라 내 청춘.

묘사란 사물이나 현상이 지닌 성질, 인상을 감각적으로 표현하는 언술 형식이다. 그렇기 때문에 묘사는 감각적, 암시적 성향을 갖고 있다. 나는 이진명이란 시인을 알지 못했다. 시창작 수업이 끝난 후

곧장 서점으로 갔다. 수업시간 중에 선생이 한 학생에게 이진명 시집 《밤에 용서라는 말을 들었다》를 권했다. 권하면서 그랬다. "묘사에 관한 부분에 관해 공부를 좀 하지."

그 시집 맨 첫장에 나는 이렇게 써 놓고 있었다. "몸이 힘들고 마음이 흔들리고 강의실은 여전히 춥고 날씨는 미친 듯 바람이 불다가 눈발이 흩날리기도 하다가 벼락처럼 햇빛이 쏟아지기도 하고, 나는 즐거워지고 싶다"라고.

지금도 그 시집을 펼치면 그때의 내가 오래된 말린 낙엽처럼 툭 떨어져 나올 것만 같아 두렵기도 하고 설레기도 하다.

내가 배운 대로라면 시는 묘사를, 소설은 서사를 주된 표현 양식으로 차용하고 있다. 그것은 이들 언술과 문학 양식의 특성이 깊게 관련되어 있기 때문이다. 나는 시를 공부했고 묘사를 공부했다. 세상의 모든 시집들을 다 읽어 치우기라도 할 듯한 기세로 독서를 했다. 틈틈이 시를 썼다. 그런데 참 이상한 일이다. 나는 왜 시인이 되지 못했을까. 왜 시를 못 쓰고 소설을 쓰게 되었을까.

이진명의 첫 시집 《밤에 용서라는 말을 들었다》는 '산책'의 시들이다. 요가를 할 때처럼 그 시집을 읽다 보면 스르르 잠이 들기도 하고 깊은 명상에 잠기기도 하고 잊고 있던 시간과 상념들이 촛불처럼 갑자기 환하게 다가오기도 한다. 나는 그 시간들이 무척이나 좋다. 내가 시를 읽는 건 바로 그 찰나의 시간 때문이기도 하다. 이 세상에 시가 없다면 세상은 너무나 건조하고 무의미할 것이다.

〈복자수도원〉을 읽을 때마다 나는 중얼거린다. 잘가라 내 청춘. 그 시를 읽을 무렵 나는 나의 청춘시절을 지나고 있었던 것이다. 그래서 그 시집을 다시 읽을라치면 우선 나는 눈물이 난다. 지금 누군가 내게 전화를 걸어 주었으면 좋겠다. 그러면 나는 굳이 〈복자수도원〉이 아니더라도 〈저녁을 위하여〉나 〈청담(淸談)〉, 〈여행〉 같은 이 시인의 다른 시들을 나직나직 낭송하여 줄 수도 있을 텐데.

가장 소중히 간직해 온 애송시는 없다. 내가 읽은 모든 시, 그 시들이 소중하다. 그 시들이 나를 만들었다. 나의 어머니가 아직도 푸슈킨의 시를 기억하고 있는지, 지금은 그것이 너무나도 궁금하다.

영원한 침묵의 비가

우리가 다른 사람들에게로 들어갈 때
그 사람의 슬픔의 문을 통하여 들어간다.
다른 사람들이 나에게로 들어올 때도
내 슬픔의 문을 통하여 들어온다.
나는 다른 사람을 진정으로 받아들이기 위하여
내 슬픔의 문을 열어놓아야 한다.

조성기

토마스 머톤 ― 그리운 아우야

1951년 경남 고성에서 태어나 서울대 법학과를 졸업하였다.
1971년 〈만화경〉으로 《동아일보》 신춘문예에 당선되어 등단하였으며, 소설집 《통도사 가는 길》 《우리는
완전히 만나지 않았다》 《실직자 욥의 묵시록》, 장편소설 《우리시대의 사랑》 《너에게 닿고 싶다》 《종희의
아름다운 시절》 등이 있다. 제9회 오늘의 작가상과 제15회 이상문학상을 수상했다.

그리운 아우야

그리운 아우야
내가 잠이 들지 못하면
나의 눈은 너의 무덤을 덮는 꽃
내가 빵을 먹을 수 없다면
나의 단식은 너의 죽은 자리의 버들가지 되어 살리라
무더위 속에 나의 갈증을 풀 물을 찾지 못하면
나의 갈증은 가련한 여행자, 너를 위한 샘이 되리라

어디에
연기 자욱한 황폐한 땅 어디에
네 가엾은 몸이 죽어 버려져 있느냐
처절한 재난의 살풍경 속 어디에
너의 불행한 얼이 길 잃고 헤맸더냐

나의 노동 안에 와 안식처를 찾으렴
나의 슬픔 속에 와 네 머리를 누이려므나
차라리 내 삶과 내 피를 팔아
너를 위해 폭신한 침대를 사거라

조
성
기

나의 숨결과 내 죽음을 팔아
너를 위해 영원한 안식을 사거라

전쟁터의 모든 이가 사살되고
군기(軍旗)가 먼지 속에 쓰러질 때
네 십자가와 내 십자가가
사람들에게 여전히 말하리라
그리스도께서 너와 나를 위해
우리 각자를 위해 죽으셨다고

너의 4월의 조난 속에
그리스도께서 살해되시고
나의 봄의 폐허 속에
그리스도께서 슬피 우신다
그 눈물의 보화가 뿌려져
너의 벗없는 가냘픈 손 안에 들어가
너를 너의 땅으로 도로 사오리라
그 눈물의 침묵이 뿌려져
너의 낯설은 무덤 위에 종을 치리라
듣고 오너라 그 종소리
너를 본향으로 부르고 있으니.

(정진석 옮김)

영원한 침묵의 비가

장로회 신학대학원 졸업식이 있던 그 다음날, 그러니까 1986년 2월 20일에 명동 성당 구내로 들어가 그곳 서점에서 토마스 머튼의 자서전 《칠층산》을 샀다. 머튼은 영문학을 전공한 시인이요 소설가요 문학평론가로 장래가 촉망되는 청년이었는데, 어느 날 그는 세상의 모든 즐거움과 명성을 버리고 영원한 침묵의 수도원, 트라피스트 수도원으로 들어갔다.

그 책은 수도원으로 들어가게 된 동기 내지는 계기들과 수도원 생활에서의 묵상들이 섬세한 필치로 그려져 있다.

수도자들에 관해 묘사한 빼어난 몇 문장들을 소개하면 다음과 같다.

이 수도자들은 가난하기 때문에 자유로우며, 아무것도 가진 것이 없기 때문에 모든 것을 소유하며, 그들이 손을 대는 것이면 무엇이든지 성스러운 불꽃을 튀긴다.

그 수도자들은 그리스도 안에 숨어서 하느님의 가난한 형제들이 되었다.

생활 전체가 하느님께 대한 사랑을 드러내는 거룩한 삶이다. 은수 생활로써 하느님 외에는 아무도 볼 수 없을 만큼 하느님께 밀착되어 살고 있다. 그들은 받고 하느님은 주신다는 대립감이 전혀 없다.

이들 깨끗한 마음에 넘쳐 흐르는 그리스도의 사랑 덕분에 그들은 어린아이가 되고 영원한 자가 된다. 팔과 다리가 나무 뿌리처럼 쭈글쭈글한 늙은이들이 어린이의 눈을 지니고 회색 양털 두건 속에 파묻혀 영원히 산다. 젊거나 늙거나 그들 모두가 나이가 없는 하느님의 작은 형제들, 하늘 나라를 차지할 어린이들이다.

이 위대한 자서전은 공교롭게도 가족의 상실에서 시작하여 가족의 상실로 끝난다.

머톤의 어머니는 머톤이 6살 되던 해 위암으로 세상을 떠났다. 어머니가 병원에 입원해 있는 동안 머톤은 어머니를 한 번도 보지 못했다. 어머니가 자신의 죽어 가는 모습을 어린 아들에게 보이지 않기 위해 머톤을 병원으로 데리고 오지 말도록 사람들에게 부탁했기 때문이었다.

그러던 어느 날, 아버지가 머톤에게 편지 한 통을 건네주었다. 어머니가 머톤에게 보낸 편지였다. 생전 처음으로 어머니에게서 편지를 받은 머톤은 집 뒤뜰 단풍나무 아래에서 편지를 읽고 또 읽었다. 그때의 느낌을 머톤은 이렇게 기록하고 있다.

나는 그 편지 내용을 잘 이해하지는 못하면서도 무슨 일이 일어나고 있다는 것은 어렴풋이 짐작하였던 것이 기억난다. 하여간 한 가지만은 분명했다. 어머니는 편지에 자기의 죽음과 다시는 나를 보지 못하리라는 것을 쓰고 있었다.

이렇게 어머니의 죽음으로 시작한 자서전은 동생의 죽음으로 끝을 맺게 된다.

머톤이 수도원에 들어와 있는 동안 남동생 존 폴이 전투(제2차 세계대전) 중에 죽었다는 소식을 듣는다.

폴은 동료 탑승원들과 함께 만하임을 공격 목표로 폭격기를 타고 이륙하였다. 그러나 비행기는 북해에 추락하고 말았다. 동료들이 고무 보트를 띄워 간신히 폴을 건져 올렸다. 폴은 목이 부러진 채 헛소리를 하며 타는 갈증으로 쉴새없이 물을 달라고 애원하였다. 그러나 한 방울의 물도 없었다. 결국 폴은 세 시간 동안 목말라 하다가 죽었다. 동료들은 폴을 북해에 수장하였다.

세상에 가족이라고는 남동생밖에 없었는데 동생의 죽음을 접한 머톤은 비통한 마음을 이기지 못하고 수도원 한 모퉁이에서 동생을 추도하는 시를 썼다. 이 시에는 제목 같은 것도 붙어 있지 않다. 제목이 없을 때는 맨먼저 나오는 구절을 제목으로 삼는 고대 히브리인들의 관습을 따라, 나도 머톤의 애도시 제목을 '그리운 아우야'로 지어 주었다. 1943년 4월 말에 지은 시이므로 시가 지어진 지 거의 60년 만에 비로소 제목을 가지게 된 셈이다.

이 시가 나를 사로잡게 된 것은 자서전 《칠층산》의 감동이 크게 작용하였을 것이다. 영원한 침묵의 수도원 한 모퉁이에서 침묵을 깨고 비어져 나온 눈물의 언어들.

그 눈물의 침묵이 뿌려져
너의 낯설은 무덤 위에 종을 치리라

눈물이 치는 종소리. 눈물 한 방울 한 방울이 조종(弔鐘)을 울리는 소리가 내 마음을 휩싸고 도는 듯하다.

무엇보다도 "나의 슬픔 속에 와 네 머리를 누이려므나" 하는 구절이 폐부를 찌른다. 머튼은 자신의 슬픔의 자리에 동생이 누울 수 있는 공간을 마련하고, 목이 부러져 죽은 동생을 초청하고 있다. 그러나 여기서 머튼은 자기 동생만을 초청하고 있는 것은 아니다. 이 세상에서 고통당하는 모든 사람들을 초청하고 있다.

이와 같이 슬픔은 마음의 공간을 넓혀 주고 산 자이든 죽은 자이든 다른 인생들이 와서 쉴 수 있도록 해준다.

어떤 문제로 슬퍼해 본 경험이 있는 사람은 같은 문제로 슬퍼하는 사람들을 누구보다도 잘 품어 줄 수 있다. 자신이 체험한 슬픔의 깊이만큼 다른 사람들을 받아들이고 쉬게 할 수 있는 법이다.

그러므로 우리가 인생을 살아가면서 겪는 슬픔들은 다른 사람들을 위로하기 위한 준비과정이라고도 할 수 있다. 우리가 다른 사람들에게로 들어갈 때 그 사람의 슬픔의 문을 통하여 들어간다. 다른 사람들이 나에게로 들어올 때도 내 슬픔의 문을 통하여 들어온다. 나는 다른 사람을 진정으로 받아들이기 위하여 내 슬픔의 문을 열어놓아야 한다.

이러한 내용은 내가 오래전에 〈내 슬픔 속으로 들어오라〉는 짧은 산문에서 쓴 적도 있지만, 다시 되뇌어 보아도 새로운 감동으로 다가온다. 내 글이 감동을 준다는 뜻이 아니라 "내 슬픔 속에 와 네 머리를 누이려므나" 하는 머톤의 초청이 그렇다는 말이다.

머톤은 지금 아프간에서 무자비한 폭격으로 비참하게 죽어 가고 있는 양민들을 향해서도 이러한 초청을 하고 있을 것이다.

너의 4월의 조난 속에
그리스도께서 살해되시고
나의 봄의 폐허 속에
그리스도께서 슬피 우신다

여기서 머톤의 슬픔은 그리스도의 슬픔이 된다.

물은 흘러가다 웅덩이를 만나면
그걸 다 채운 뒤에야
반드시 다음으로 흘러간다

그때 나는 이 시집을, 아니 이 시집에 담긴
시와 사랑에 빠질 줄은 몰랐다.
그 연애가 나를 위로하고,
마음의 소란을 가라앉혀 주고,
미움이 덧없음을 알게 해줄 줄은 꿈에도 알지 못했다.

임길택 ― 푸념

차현숙

1994년 계간지 《소설과 사상》에 단편 〈또 다른 날의 시작〉으로 등단하였다. 장편소설 《블루 버터플라이》
와 소설집 《나비, 봄을 만나다》 《오후 세시, 어디에도 행복은 없다》 등이 있다.

푸념

글쎄, 여기 좀 보세요
망할 놈의 장끼란 녀석이
이토록 콩뿌리를 헤집어 놨어요!

쓰러져 누운 콩섶 붙들고서
푸석이는 흙 긁어 덮던 스님은
화가 머리끝까지 나
쉰 목소리로 일렀다.

올 봄,
콩씨를 세 번이나 넣도록
마구 파 뒤집어대길래
약 놓아 까투리를 잡아버렸지요
그랬더니 장끼란 놈
그 뒤론 나만 안 보이면
슬슬 콩밭을 기어요

까투리 무덤 앞에서

차
현
숙

목탁까지 두드려 주었건만,
그게 뭐하는 짓이냐 생각했는지
갓 열매 맺혀 가는 콩밭에 내려와서까지
날마다 이 지랄이요, 이 지랄!

내가 가짜라는 걸 눈치챘는지
이놈과는 지금 화해할 수도 없어요
만나 주지를 않아요!

물은 흘러가다 웅덩이를 만나면 그걸 다 채운 뒤에야 반드시 다음으로 흘러간다

98년 그해 겨울 난 상처받았다. 칼 맞은 짐승처럼 깊은 내 안의 동굴 속에 웅크리고 있었다. 내 안에 그토록 많은 미움이 있는지 나 자신도 놀랐다. 나는 밤을 잃었다. 밤을 잃은 나는 혼자 중얼거렸다.

'그들을 제가 용서하오니 저를 용서해 주십시오.'

나는 내가 괴로워 화해를 하고 용서를 해주고 싶었지만 그들은 이미 나를 잊었다. 나는 그들에게 존재하지 않았다. 나는 또 한 번 상처를 받았다. 분노는, 미움은 이제 나를 완전히 집어삼켰다.

나는 마음을, 감정을 다쳤다. 다쳤으니 분노의 짐승이 되어 버렸다 해도 본능적으로 치유의 과정으로 나가지 않을 수 없었다. 내가 원치 않아도……. 몸은, 마음은 건강해지고 싶어하므로. 그것들은 언제나 살고 싶어한다. 나의 의지와 상관없이. 나의 삐딱한 정서와 관계없이. 나의 자학에도 아랑곳없이.

고통에 밀려 나는 이성이라는 정신의 힘을 빌려 그런 나 자신의 내적 충돌을 막아 보려 했다. 시간이 지나자 잃어버린 밤도 찾고 싶었다. 하지만 정신이란, 이성이란 감정의 출렁이는 바다 앞에는 무력했다.

나는 결국 속수무책인 상태가 되어 버렸다. 머리의 작동을 멈추고 골똘히 나라는 인간을 들여다봐야 했다. 치명적이라면 치명적이고, 사소하다면 사소한 그해 겨울 내 상처는 나라는 인간의 본질까지 파고 들어가는 계기가 되어 버렸다.

이도 저도 아닌 내 욕망의 극단적인 모순을 대면하자 그해 겨울 나는 두 손을 반짝 들고 허공에 대고 "기어코, 미쳤구나"라고 말했다.

어릴 때부터 무슨 이유인지 모르지만 나는 내가 미치거나 자살하거나 할 거라는 주술에 걸려 있었다. 그 주술에서 벗어나고 싶은 마음도 없었지만…… 늘 두려웠다. 그런데 이제 미쳤으니 그 시기가 빨리 온 건지 늦게 온 건지는 몰라도 내가 미처 생각하지 못한 게 있었다. 미쳤든, 미친 척하든 그 상태는 나를 포함해 내 주위의 모든 사람들을 지옥으로 만들어 버린다는 걸.

나는 오래 지옥에 있을 만큼 강하지도 독하지도 못하다. 마치 도미노 게임처럼 한치의 오차도 없이 나는 정신을 되찾아야 하는 절박한 상황이 왔다. 집에 있는, 내 세계의 전부라 할 수 있는, 아니 나라고 해도 상관없는 내 아름다운 책들이 아무 도움도 되지 않았고, 내 주위의 사람들조차 그러했다. 나의 세계가 무너져 버린 거다.

그런 정신적 공황상태에서 나는 그래도 남들 앞에서는 멀쩡한 척했고, 어느 날인가는 멀쩡하게 출판사로 교정을 보러 갔다. 교정을 끝내고 일어설 때 그 출판사의 사장이자, 주간이자, 편집자인 선배가 지금 인쇄소에서 막 가져왔다며 시집 한 권을 내 손에 들려 줬다.

임길택이라는, 처음 들어 보는 시인의 《똥 누고 가는 새》라는 시집이었다. 책을 가방에 넣으며 '하긴 똥을 담고 하늘을 날면 오래 날지 못하겠지' 속으로 중얼거렸다.

그때 나는 이 시집을, 아니 이 시집에 담긴 시와 사랑에 빠질 줄은 몰랐다. 그 연애가 나를 위로하고, 마음의 소란을 가라앉혀 주고, 미움이 덧없음을 알게 해줄 줄은 꿈에도 알지 못했다.

사실 시에 대해 잘 모른다. 소설가가 된 후 한번은 선배 시인에게서 제일 좋아하는 시인이 누구냐는 질문을 받고 "김소월이요"라고 말하자 옆에 있던 어떤 문인이 입을 딱 벌리며 "나는 한용운이요"라고 큰 소리로 말해 나는 무안을 당했다.

지금 생각하면 그 시인은 이성복이니, 황지우니, 하는 그런 시인들의 이름 중에 하나가 나올 거라고 생각했고, 내가 들먹인 시인의 이름에서 나의 사상과 정서를 짐작하고 싶어했던 것 같다. 정답은커녕 오답도 아닌 답을 한 나는 본의 아니게 진지한 질문을 우롱한 건방진 인간이 되어 버렸다.

그후 나는 시인들을 보면 미안하고, 부끄럽고, 무섭다. 시를 모르는 죄. 모르면서 시에 대해 말한 죄……

시집을 가지고 집에 들어온 그날 그저 습관적으로 가방에서 시집을 꺼내 표지를 보았다. 표지 중간에 아주 조그맣게 '임길택 마지막 시집'이라는 활자가 박혀 있는 것도 무심히 보았다. 그러다 습관처럼 페이지를 넘기자 그만 시커멓던 내 정신에, 내 마음에 비상 불이 켜졌다.

임길택이라는 시인이, 또 그의 시가 평론가에게서, 동료 시인들에게서, 혹은 독자들에게서 얼마나 인정을 받고 사랑을 받는지도 모른다. 또한 그의 시가 문학적으로 의미 있는 시인지, 작품성이 있는 시인지도 모른다.

단지 나는 이 시집에 담긴 시들이 내 마음을 순하고, 맑게 해주는 그 이상의 그 무엇이 있어 좋고, 심지어 발문마저 좋다. 여기에 소개한 시 〈푸념〉은 책장을 넘기다 맨 처음 눈에 들어와서 실은 것뿐이다.

〈푸념〉을 읽을 때마다 천진한 장면 하나가 펼쳐진다. 스님의 행태가 너무나 인간적이어서 웃음이 나오고 장끼라는 놈의 멀뚱한 눈 속에 들어앉은 그 무엇은 단박에 잡히지 않는 뭔가가 있는 듯하고 "이놈과는 지금 화해할 수도 없어요. 만나 주지를 않아요!"라고 푸념하는 시인의 마음을 떠올리면 슬픈 웃음과 함께 저절로 손바닥이 무릎을 딱 치게 한다.

이 시집의 표지를 넘기면 시인의 얼굴과 친필로 쓴 짧은 글이 실렸는데 나는 시인이 세상에 마지막으로 두고 간 그 마음이 참으로 좋다.

……햇살은 곧게 나아가다가 막히면 그림자를 만들어 놓는다. 물은 흘러가다 웅덩이를 만나면 그걸 다 채운 뒤에야 반드시 다음으로 흘러간다……

그해 겨울 햇살이 막혀 그림자가 된 나의 정신적 공황은 이 시들과 오랜 연애 끝에 내 정신의 웅덩이를 다 채우고 다음 해 봄, 나의 삶은 다시 흘러가기 시작했다.

이제 내게 있어 시란 이런 거다. 그후 나는 서점에 가면 꼭 시집한 권을 산다. 햇살이 막혀 그림자가 될 때, 또 웅덩이를 채워 다시 흘러가야 할 때는 시집코너 앞에서 오랜 시간을 보낸다.

이 글을 쓰는 지금 나는 웃고 있다. 나도 언젠가 이 시인이 사는 세계로 갈 거다. 그때 꼭 만나 물어볼 말이 있다.

"왜 나는 당신 시를 읽으면 웃음이 먼저 나오고, 웃다 보면 슬퍼지고, 슬퍼지다 보면 마음이 착해지냐고. 혹 착해진 마음으로 미처 다 알아보지 못한 당신 마음이 있냐고. 있다면 노자(路資) 대신 이 시집을 갖고 이 먼 길을 왔으니 나한테만 꼭 말해 달라. 아무한테도 말하지 않을 테니."

파란 젊음의 벽두를
밝혔던 시

한 사람의 인생의 매 단계에는 한 편의 시가 있다. 그
한 편의 시가 그 시절을 요약한다.
〈푸른 옷〉은 내 비는 파란 젊음의 벽두를 밝혔던 시다.

최 윤

김지하 ― 푸른 옷

1953년 서울에서 태어나 서강대 국문과 및 동 대학원을 졸업하고, 프랑스 프로방스대에서 현대프랑스문
학으로 박사학위를 받았다. 장편소설 《겨울, 아틀란티스》 등이 있고, 소설집 《저기 소리없이 한점 꽃잎이
지고》《열세 가지 이름의 꽃향기》 등이 있으며 이상문학상, 동인문학상을 수상했다.
현재 서강대 문학부 프랑스문화전공 교수로 재직중이다.

푸른 옷

김 지 하

새라면 좋겠네
물이라면 혹시는 바람이라면

여윈 알몸을 가둔 옷
푸른 빛이며 바다라면
바다의 한때나마 꿈일 수나마 있다면

가슴에 꽂히어 아프게 피 흐른다
굳어 버린 네모의 붉은 표지여 네가 없다면
네가 없다면
아아 죽어도 좋겠네
재 되어 흩날리는 운명이라도 나는 좋겠네

캄캄한 밤에 그토록
새벽이 오길 애가 타도록
기다리던 눈들에 흘러 넘치는 맑은 눈물들에
영롱한 나팔꽃 한 번이나마 어릴 수 있다면
햇살이 빛날 수만 있다면

꿈마다 먹구름 뚫고 열리던 새 푸른 하늘

쏟아지는 햇살 아래 잠시나마 서 있을 수만 있다면

좋겠네 푸른 옷에 갇힌 채 죽더라도 좋겠네

그것이 생시라면

그것이 지금이라면

그것이 끝끝내 끝끝내

가리어지지만 않는다면

파란 젊음의 벽두를 밝혔던 시

글을 익히고도 한참 동안 나는 시의 성실한 독자는 아니었던 것 같다. 당시의 집안 사정은 시를 읊조릴 형편과는 거리가 멀었고, 어쩌다 아무도 돌보지 않아 먼지를 뒤집어쓰고 한구석을 차지한 집의 책장에서 '시집'이란 단어를 한두 번 만나도, 왜 이리 시집가는 데 대한 책이 많은가 혼자 갸우뚱해야 했던 것이 막 글을 깨우치고 난 예닐곱 살 때의 일이다.

그보다 한두 살 더 먹은 뒤에도 동시보다는 〈넉점 반〉, 〈날아가는 교실〉 같은 동화를 더 즐겨 읽었던 기억이 난다. 나와 시와의 초반부 인연에 관한 한 운이 나빴던 것도 무시할 수 없다. 어렴풋이나마 시가 무엇인지를 알려 준 초등학교의 교사도 드물었거니와, 어쩌다 외우게 한 시들도 내가 시에 대해 정나미를 떼는 데 한몫을 확실히 했다고 생각한다.

"우리의 동시가 어린이의 시점에서 쓰여지기보다 어린이를 대상화해 소재만 취한 어른의 동시"라는 비판의 글을 이오덕 선생의 책에서 읽은 적이 있는데, 아마도 그 때문이었을지.

시읽기를 기피하는 사정은 중학교에서도 계속되었다. 다시 한 번 시와의 관계를 두고 보자면, 그 즈음에 나는 성장기 여학생들의 과도한 감수성의 희생자였다. 봄에는 분홍색 꽃잎을, 가을이 되면 마른 낙엽을 책 사이에 끼워 두고 그 위에 듣기에 어딘가 간지러운 시구를 옮겨 적는 내 나이 또래의 여학생들의 취향을 나는 정말 싫어했다. 시에 대한 편견은 바로 이러한 데서 기인하고 나는 그때 부당하게도 '시는 곧 센티멘털리즘'이라는 공식을 머릿속에 새기고 극구 읽기를 피했다. 지금 생각나는 것도 없지만 교과서에 실린 시들도 이 오해를 푸는 데 기여하지 못했다.

그렇게 보면 1970년 겨울은 내게는 가히 시적인 전환점이라 부를 만하다. 그 해 크리스마스 전야, 나는 소중한 친구 N으로부터 당시로서는 구하기 힘든, 매우 화려하고도 묵직한 선물을 받았다. 아마도 N 자신이 대학교 교수로 계셨던 부친에게서 받은 선물을, 친구는 내게 선물로 주었던 것 같다.

우선 보기 드문 미감이 느껴지는 추상화로 장식된 책의 장정(김영태 장정) 자체도 맘에 들었지만, 두꺼운 책의 첫 장을 열고 나를 향해 무슨 말인가를 두 줄 썼다가 칼로 긁어 지우고, 1970년 12월 24일이라고 단순하게 날짜만 기입한 친구의 망설임도 마음에 들었다. 그 책은 바로 한국신시육십년기념사업회가 1968년에 펴낸 《한국시선(韓國詩選)》이다.

조국을 언제 떠났노,
파초의 꿈은 가련하다

제1부 작고 시인편, 김동명의 〈파초〉로 시작되는 이 감당하기 어려운 책을 나는 며칠 밤을 새우고 다 읽었다. 시를 몰랐던 부끄러움과 시가 주는 깊고 날카로운 감동에 대한 떨림과 수록된 모든 시인들에 대해 알고 싶은 흥분의 마음으로. 그런가 하면 나를 시에서 멀어지게 한 확실치 않은 대상을 향한 작은 분노도 빼놓을 수 없다. 이 책은 이후 한동안, 내가 대학에 들어가 국문학사를 접하기 전까지 내게 한국현대시사의 사전 역할을 담당했다.

　한번 흡수한 시의 맛은 갑작스럽게 맛보았던 만큼, 독약이나 묘약 정도의 힘을 과시해 나의 사춘기 절망은 급진성을 띠었다. 영어공부 한답시고 집어든 곰브리치의 미술사 책에서 한두 줄 읽은 다다이즘에 대한 설명해 매료돼 그렇지 않아도 기성의 모든 것을 부수고 싶던 즈음이었다. 게다가 '시'라는 원군까지 얻었으니. 그 해 겨울 무작정 가출을 시도한 것도 나는 이 시집의 여파라고 생각한다. 그러나 그 진정한 여파는 그 다음에 있다.

　바로 그 떠남의 길에서 나는 젊은 시인 김지하의 〈푸른 옷〉을 만났다. 만약 《한국시선》이라는 전환점이 없었다면 나는 이 방황의 여행길에서 시집 《황토》를 만나지 못하고 지나쳐 버렸으리라. 그리고 이런 연이은 시와의 만남이 없었다면 돌아옴은 없었을런지도 모른다. 그 돌아옴의 길에서 나는 대학을 포기하지 않기로 결정했다.

　이 《황토》 시집 전편이 대학입시를 일 년 앞둔 한 반항적 수험생의 컬트 시편들이었지만, 그중에서도 특히 〈푸른 옷〉의 시적 자아에 나 자신을 완벽히 동일화했다. "푸른 옷"은 내게는 사사건건 상상력과 자유를 막는 주범인 교복 속에 갇힌 성장기였고, "굳어 버린 네모의 붉은 표지"는 모든 교복에 필수품인 학교 배지였다.

　이러한 외적인 유사성으로 시작해 주문처럼 한 번 읊조리고 두 번 읊조리면서 〈푸른 옷〉은 당시 나의 어떤 정신상태의 반영 그 자체가 되었던 것이다. 한 미성년자에게 시대는 막연히 그러나 전면적으로 어두웠고, 푸른 수의였다.

　이후 한동안 나는 하루에도 여러 번, 나를 가두는 협소한 세상을 향해 부적을 흔들 듯 〈푸른 옷〉을 중얼거렸고, '너는 타느냐, 하얗게 날카롭게 너는 타느냐' 엄하게 나를 꾸짖고 잠자리에 들곤 했다.

　한 사람의 인생의 매 단계에는 한 편의 시가 있다. 그 한 편의 시가 그 시절을 요약한다. 〈푸른 옷〉은 내게는 파란 젊음의 벽두를 밝혔던 시다.

벽두를 밝혔던 시 파란 젊음의

애틋한 사랑의 완성 끝에
다가온 봄날

그 곱상함, 그 맑고 깊음, 그 꿈결 같은 부드러움……
그렇지 않아도 신록의 그늘이 가지는 비의(秘意)에
몸살을 앓으며 턱없이 산중을 헤매던 나는
이 봄날, 애틋한 사랑의 원망 끝에
마침내 언어의 적소(適所)에 들앉고 말았으니
그것이 바로 '춘신(春信)' 이었다.

유치환 ― 춘신(春信)

최 학

1950년 경북 경산에서 태어나 고려대 국문과 및 동 대학 교육대학원을 졸업하였다.
1973년 《경향신문》 신춘문예 당선으로 문단에 등단하였으며, 1979년 《한국일보》 장편소설 공모에 당선되었다. 창작집으로 《그물의 눈》《식구들의 세월》《손님》 등이 있으며, 장편소설에는 《서북풍》《안개울음》《미륵을 기다리며》 등이 있다. 현재 우송정보대학 문예창작과 교수로 재직중이다.

춘신(春信)

유 치 환

꽃등인 양 창 앞에 한 그루 피어오른
살구꽃 연분홍 그늘 가지 새로
작은 멧새 하나 찾아와 무심히 놀다 가나니

적막한 겨우내 들녘 끝 어디메서
작은 깃을 얽고 다리 오그리고 지나다가
이 보오얀 봄길 찾아 문안하여 나왔느뇨

앉았다 떠난 아름다운 그 자리에 여운남아
뉘도 모를 한 때를 아쉽게도 한들거리나니
꽃가지 그늘에서 그늘로 이어진 끝없이 작은 길이여

애틋한 사랑의 완성 끝에 다가온 봄날

　　어린 시절부터 나는 추상의 언어를 구체적인 물상으로 바꾸어 보는 일이 그렇게 어렵지 않았다. 절망이란 무엇인가? 그것은 내가 정 들여 키우던 한 마리 흰 양을, 둘째 형 장가가는 날이라고 해서 동네 아저씨를 불러 목 따는 일이다, 이틀을 꼬박 나물죽을 먹었건만 이 저녁 또한 큰형수가 죽을 끓이는 모습을 보는 일이다, 며칠간 서울 형 집엘 다녀온다고 떠난 어머니가 두 달 석 달이 지나도 돌아오지 않는 일이다…… 절망이 그러하듯이 희망이란 말 또한 얼마든지 간명한 사상(事象)으로 환치시켜 놓을 수 있었다.

　　신작로를 지나 과수원 길을 관통하고 강을 건너는 그 고적한 하교 길을 드물게 눈깔사탕과 동행할 수 있는 것, 남몰래 내가 봐 둔 강가 자갈밭의 종달새 둥지에서 어린 새끼들이 한껏 노란 주둥이를 내밀고 있음을 보는 것, 별나게 내가 마음 두고 있던 여자애가 오늘따라 국어시간에도 국사시간에도 나를 돌아보며 웃어 주는 것…….

　　그 시절, 겨울은 너무도 혹독하고 길었다. 춥고 배고픔. 솜이불을 덮어쓴 채 자고 또 잠을 자도, 콧물을 흘리며 햇볕 드는 담벼락에서 해바라기를 하며 기다려도 좀체 끝날 성싶지 않던 것이 그 겨울이었다. 하여, 그 절망의 끝자락쯤에서 불현듯 찾아오는 봄은, 말 그대로 경이로움 자체였다.

그 무렵, 내가 다니던 중학과정의 농업학교는 일제 패망과 함께 폐광이 된 코발트 광산 바로 아래에 조개딱지처럼 엎드려 있었는데, 나는 그곳에서 수업 받는 일 밖에도 닭장 일을 해서 학비를 벌었으며 교사에 딸린 관사에서 잠을 잤다. 내가 돌봐야 하는 닭들은 이백 명이 채 안 되는 학생 수보다 월등 많았는데 이들 닭들이 봄의 기척을 느끼는 것은 사람보다 훨씬 빨랐다.

문득 녀석들의 구구댐 소리가 전에 없이 요란스러워지고, 그들 꽁무니가 빼어 내는 따끈한 계란의 숫자가 늘어난다 싶으면 벌써 봄은 창밖 화단에까지 번져 와 있었던 것이다. 힘겹게 광산을 넘어오던 햇살 또한 하루가 다르게 빠른 몸짓을 보이면서 우물가 얼음장들을 내쫓았다.

그날, 나와 같은 근로학생으로서 교무실 사환 일을 하던 종화가 읍내에 심부름을 갔다오던 길에 표지가 새빨간 책 한 권을 사왔다. 《사랑하였으므로 행복하였네라》—유치환의 시문집이었다. "이거 한 권만 있으면 연애편지 쓰는 것은 일도 아니다."

그가 멋쩍게 흰 이를 드러낸 듯싶다. 입학 때부터 일등만 해서 나로서는 한 번도 그의 성적을 능가할 수 없게 만들었던 종화, 그는 어느새 내가 모르는 시인의 시를 암송할 뿐만 아니라 시인의 연애사건까지 꿰고 있어서 다시금 나를 절망시켰다.

다음날, 나는 이 책을 빌려 내 일터인 닭장으로 갔다. 먹이를 나

뉘 준 다음, 여느 때마냥 사료 가마 쟁인 데를 올라가 가장 편안한 자세로 드러누워 책을 읽었다. 사랑하는 이를 부르는 낮고도 낭랑한 목소리…… 뜻을 새길 수 없는 말들이 군데군데 있었지만 그런 것은 아무런 문제도 되질 않았다.

얼음장을 뚫고 나온 냇물이 냇돌을 어루만지고 나리꽃 줄기를 쓰다듬으며 흘러가는 듯한 그 이쁘고도 슬픈 음성을 어찌할 거나! 편지와 시가 구분되지 않는 그 글에 한 번 빠져들고부터는 수천 마리 닭들이 내는 그 소란스러운 소리마저 먼 데의 산울림처럼 아득하기만 했다. 그리곤 마침내 나 자신이 한 여자아이를 찾아 부르듯 찔끔 찔끔 눈물을 짜내곤 말았다.

"세상의 고달픈 바람결에 시달리고 나부끼어/더욱 의지삼고 피어 헝클어진 인정의 꽃밭에서/너와 나의 애틋한 연분도/한 망울 연연한 진홍빛 양귀비 꽃인지도 모른다/사랑하는 것은/사랑을 받느니보다 행복하나니라……." 창을 타고 들어오는 마알간 햇살도, 그 빛 속에 부유하는 작은 깃털마저도 눈물겹지 아니한 것이 없었다.

어른이 되면 이렇게 애틋하게 사랑하면서 이렇게 이쁜 시들을 읊는구나……. 어린 날의 내 이런 고단쯤이야 정말이지 봄날 직전에 뿌리는 진눈깨비와 뭐가 다르랴. 나는 책을 품은 채 광산으로 올라 갔다.

양지바른 쪽, 진달래꽃나무며 싸리나무가 우거진 그곳에 앉으면

나뭇가지 사이로 저만치 학교 운동장이 빤히 내려다보이고 고개를
돌리면 인적 없는 폐광의 건조물들이 고성(古城)의 첨탑(尖塔)처럼
삐죽삐죽 바라다보였다. 벌써 상수리나무 가지들마다 아가 손 같은
새잎을 틔워 내고 진달래꽃은 꽃대로 황홀한 봄볕을 감싸고 있었다.
이제 막 눈터 나온 어린 이파리가 이쁘고 무리 이룬 꽃잎의 그 요연
한 자태가 눈부시다 해도 실은, 그것들이 햇빛과 한몫 어우러져 지
상에 떨군 그늘만큼은 못하다는 것을 나는 진작부터 알고 있었다.
그 곱상함, 그 맑고 깊음, 그 꿈결 같은 부드러움…… 그렇지 않아
도 신록의 그늘이 가지는 비의(秘意)에 몸살을 앓으며 턱없이 산중
을 헤매던 나는 이 봄날, 애틋한 사랑의 원망 끝에 마침내 언어의
적소(適所)에 들앉고 말았으니 그것이 바로 〈춘신(春信)〉이었다.

계절의 새로운 국면을 전개하는 것은 언제나 자연 전반이지만 인
간의 그에 대한 인식은 어차피 초점화를 통할 수밖에 없다. 따라서
작은 멧새 한 마리가 꽃가지 그늘에 앉았다 떠나는 이 찰나의 포착
을 통해 봄의 전체 형국을 파악하는 이 시야말로 전형적인 시 양식
의 하나이겠지만 어린 시절에 내가 접한 감흥은 결코 그런 것이 아
니다.

지금 읽으면, 선비류의 자연 완상(玩賞)의 문취도 물씬 풍기지만
당시에는 이 또한 물외의 것이었다. 체질적으로 익혀 버린 '보오얀
꽃그늘'의 신비감과 아동적 고적감에서 터득한 '아쉬운 한들거림'의

언어적 상면에서 얻은 경이로움은 넉넉히 한 생애를 관통할 수 있는 것이었기 때문이었다.

　겨울 들녘 끝에서 신고(辛苦)의 나날을 보냈던 작은 멧새 한 마리가 꽃가지 그늘에서 '무심히' 놀다 감에 봄이 가지는 진정한 희망성을 엿보며, 그와 같은 끝없는 작은 길이 있는 한 내 삶은 그렇게 왜소할 수만은 없겠다는 이해가 그 봄날에 있었음을 그립게 추억하는 것이다.

침묵의 행복,
혹은 행복한 침묵

소설을 쓸 때마다 통감(痛感)하게 되는 것이 바로 수
다의 운명인데, 그 내려놓을 수 없는 등짐을 의식할
때마다 나는 문장들로 까맣게 덮인 최디힘 컴퓨터
화면을 깨부수고 싶은 충동을 억제할 수 없다.
그럴 때 슬그머니 서가에서 빼내 읽는 것이
바로 〈묵언의 날〉이다.

하창수

고진하 ― 묵언(默言)의 날

1960년 포항에서 태어났다. 1987년 《문예중앙》 신인문학상에 중편 〈청산유감〉이 당선되어 등단하였다.
작품집에 《지금부터 시작인 이야기》《수선화를 꺾다》《돌아서지 않는 사람들》《차와 동정》《죽음과 사랑》
《알》《젊은 날은 없다》《허무총》《그들의 나라》《껄껄》《행복한 그림책》 등이 있다.
1991년 장편소설 《돌아서지 않는 사람들》로 한국일보문학상을 수상했다.

묵언(默言)의 날

고 진 하

하루종일 입을 봉(封)하기로 한 날,

마당귀에 엎어져 있는 빈 항아리들을 보았다.

쌀을 넣었던 항아리,

겨를 담았던 항아리,

된장을 익히던 항아리,

술을 빚었던 항아리들.

하지만 지금은 속엣것들을 말끔히

비워내고

거꾸로 엎어져 있다.

시끄러운 세상을 향한 시위일까,

고행일까,

큰 입을 봉한 채

물구나무 선 항아리들.

부글부글거리는 욕망을 비워내고도

배부른 항아리들,

침묵만으로도 충분히

배부른 항아리들!

침묵의 행복, 혹은 행복한 침묵

내 이름을 갖고 태어난 첫 책이자 첫 장편소설이었던 《돌아서지 않는 사람들》의 후기에다 나는 나를 소설가로 만든 세 가지 질료들에 대해 말한 적이 있다. 그 세 가지는 영화와 군대, 그리고 시였다. 소설은 나의 적막한 로맨스였다고 후기 앞머리에다 던져 놓은 나는 그 적막한 로맨스의 대상을 "사랑을 고백하기에는 너무도 자유롭고 예민한 여신(女神)"이라고 은유해 놓았었다. 그녀와의 사랑을 가능하게 했던 세 질료들 중 하나였던 시(詩)에 대해 나는 이렇게 얘기했다.

로맨스를, 자연 그대로의 인생인 신(神)에게 어떠한 충성의 의무도 없는 픽션이라고 〈악마의 사전〉에서 앰브로즈 비어스는 말했던가. 그러나 내 도도한 여신은 철저한 충성을 의무 지우며 내 손길을 이끌었으니, 그것은 시(詩)를 향한 추억의 길이었다. 내게 있어서, 인간의 영혼을 가장 소중하게 얘기해 주었고, 또 가장 철저하게 비애를 가르쳐 준 것은 시였다. 많은 시인들이 내게 영감을 스스로 일으키도록 독려해 주었고, 턱없이 감상적인 모습들을 욕해 주었으며, 시가 진정한 문학의 어머니임을 강독해 주었다. 나는 그들의 가르침을 충실히 배우려 했고, 열심히 습득하려 했지만, 그것은 내게 있어 너무도 힘겨운 짐이었다. 소월(素月)과 로트레아몽 만이 내 시의 교사는 아니었다. 나는 거의 모든 시인을 좋아했다. 그들이 던져주는 짬밥을 받아먹으며, 그들의 구두를 열심히 닦아주었다. 그 대가는 언제나 고결하고 아름다운 것만은 아니었다. 오히려 적막하고 외로운 시간들만을 그들은 던져주었다. 그러던 어느 날, 비로소 나는 평생을 걸작에의 공포로 앓다가 간 시인을 만날 수 있었고, 그가 내게 나의 문학을 책임져 주겠노라고 다짐했다. 아, 그러나 나의 바보스러움이여! 한순간의 백일몽으로 내 영혼을 팔아버린, 최후의 절정 앞에 무기력했던 나의 성욕이여! 영탄(詠嘆)과 독백의 종신형을 택해버린 나의 죄벌(罪罰)이여, 어찌하랴!

사실 이 글에는 얼마간의 주석이 붙어야 한다. 그렇지 않고는 정확히 의미를 전달했다고 할 수 없기 때문인데, "평생을 걸작에의 공포로 앓다가 간 시인을 만"나고 "그가 내게 나의 문학을 책임져 주겠노라고 다짐했다"는 대목이 그렇다.

어느 날 나는 꿈을 꾸었었다. 그리고 그 꿈에서 그 시인을 만났는데 그는 바로 〈미라보 다리〉의 시인 아폴리네르였다. 전쟁터에서 부상을 당해 머리에 붕대를 감고 나타난 그는 내게 미라보 다리를 외워 보라고 했다. 나는 그의 앞에서 떨리는 목소리로 그 노래를 불렀다. 그것도 내가 전혀 알지 못하는 원어로.

그 기괴한 만남을 끝내려는 순간 그는 내게 "걱정하지 마라. 내가 너의 문학을 책임져 주겠다"고 말했다. 꿈에서 깬 나는 마치 요단강에서 선지자 요한으로부터 물로 세례를 받은 것 같은 충만감에 젖어 있었다. 물론 그때 이후로도 문학에 대한 두려움을 온전히 걷어 내지는 못했지만.

거의 모든 시인들을, 그리고 거의 모든 시를 사랑했다는 내 진술은 사실 그리 신뢰할 만한 것은 아니다. 왜냐하면 내가 읽어 낸 시의 절대량이 아주 적기 때문이다. 굳이 내 말을 그대로 사용하려면 '내가 읽어 낸 거의 모든 시인들을, 그리고 내가 읽어 낸 거의 모든 시를 나는 사랑했다'로 바꾸어야 할 것이다.

사정이 이러니 내가 사랑한 시들 중에서 한 편을 고르는 일은 곤혹스럽다 못해 고통스럽다. 하지만 한 편을 고르고 나면 나는 금방 행복한 마음으로 바뀔 수 있을 것 같은 시가 있는데, 그것은 고진하의 〈묵언(默言)의 날〉이다. "마당귀에 엎어져 있는 빈 항아리들"을 보고 "침묵만으로도 충분히 배부"르다고 노래하는 시인의 마음을 느낄 수 있기 때문이다.

〈묵언의 날〉은 수다의 운명을 지고 살아야 하는 소설가인 내게 영약(靈藥)과 같은 존재다. 소설을 쓸 때마다 통감(痛感)하게 되는 것이 바로 수다의 운명인데, 그 내려놓을 수 없는 등짐을 의식할 때마다 나는 문장들로 까맣게 덮인 희디흰 컴퓨터 화면을 깨부수고 싶은 충동을 억제할 수 없다. 그럴 때 슬그머니 서가에서 빼내 읽는 것이 바로 〈묵언의 날〉이다.

나는 이 시를 아주 천천히 읽는다. 실제로 나는 수도에 길게 호스를 꽂아 놓고 장이나 김치가 담겨져 있던 독을 말끔히 씻어 낸 적이 있었다. 몸이 온통 빠질 듯 손을 길게 집어넣고 수세미로 독의 안쪽을 닦아 낼 때의 느낌은 아득함이었다. 수돗물 떨어지는 철컹철컹하는 소리는 마치 동굴 안에서 들려오는 듯했었다. 그렇게 말끔히 닦아 장독대 한쪽에 뒤집어 놓으면 그것은 그야말로 "부글부글거리는 욕망을 비워내고도 배부른 항아리"가 되어 있었다.

하루종일 입을 봉(封)하기로 한 날,
마당귀에 엎어져 있는 빈 항아리들을 보았다.
쌀을 넣었던 항아리,
겨를 담았던 항아리,
된장을 익히던 항아리,
술을 빚었던 항아리들.
하지만 지금은 속엣것들을 말끔히
비워내고
거꾸로 엎어져 있다.
시끄러운 세상을 향한 시위일까,
고행일까,
큰 입을 봉한 채

물구나무 선 항아리들.
부글부글거리는 욕망을 비워내고도
배부른 항아리들,
침묵만으로도 충분히
배부른 항아리들!

　말없이 장독대에 거꾸로 놓인 항아리들은 도인(道人)처럼 느긋하다. 그 느긋한 도인들은 한 소설가가 짊어진 수다의 등짐을 가만히 내려놔 준다. 그리고는 슬그머니 눈을 감게 하고 깊은 명상의 세계로 잠겨들게 한다. 그때 모든 것은 텅 빈다. 나는 들끓는 욕망의 언어가 한 움큼씩 몸 밖으로 빠져나가는 것을 본다.

　신은 커다란 입을 가진 내 정신의 독 속에 수돗물을 집어넣고 몸을 온통 기울여 수세미로 닦아 낸다. 나는 말끔해지고 거꾸로 엎어져 햇볕 속에 놓인다. 수다의 운명으로부터 벗어난 나는 따뜻하고, 행복하다. 따뜻하고 행복하므로 더 이상 나는 아무 말도 할 필요가 없다.

섬만 섬이 아니고
혼자 있는 것은 다 섬이다

—사랑하는 내 딸 강에게

〈산유화〉에는 우리 삶의 순수하고 맑은 공간이 있고
그 공간을 관통해 흘러가는 시간이 있다.
우주의 생성과 소멸, 혹은 그 엄정한 순리는,
가로로 놓여 있는 공간을 세로로 교직하듯
흐르는 시간에 의해 이루어진다.

김소월 ― 산유화

한승원

1939년 전남 장흥에서 태어나 서라벌예대 문예창작과를 졸업했다.
1968년 《대한일보》에 소설 〈목선(木船)〉이 당선되어 등단했으며, 소설집 《앞산도 첩첩하고》《안개바다》
《폐촌》《포구의 달》, 장편소설 《불의 딸》《아제아제 바라아제》《꿈》《사랑》《화사》《멍텅구리배》, 시집 《열애
일기》《사랑은 늘 혼자 깨어 있게 하고》《노을 아래 파도를 줍다》 등이 있다. 이상문학상, 현대문학상, 한
국문학작가상, 한국소설문학상, 한국불교문학상, 한국해양문학상을 수상했다.

산유화

김 소 월

산에는 꽃 피네
꽃이 피네
갈 봄 여름 없이
꽃이 피네

산에
산에
피는 꽃은
저만치 혼자서 피어 있네

산에서 우는 작은 새여
꽃이 좋아
산에서 사노라네

산에는 꽃 지네
꽃이 지네
갈 봄 여름 없이
꽃이 지네

섬만 섬이 아니고 혼자 있는 것은 다 섬이다
— 사랑하는 내 딸 강에게

강아,

얼마 전 제주도로 졸업여행 가는 학생들하고 동행하면서 나는 그들에게 한 개의 화두를 주었다. "섬만 섬이 아니고 혼자 있는 것은 다 섬이다"였다.

검푸른 참나무 숲에서, 까투리와 더불어 사는 장끼가 꿩꿩 푸드득하며 울고, 왕매미가 운다. 뻐꾹새도 운다. 마당에는 뙤약볕이 쏟아지고 있다. 며칠 전에 중복과 대서가 거듭 지나갔다. 밤이면 열대야 때문에 잠들을 설친다.

이 무더위 속에서, 너는 너 혼자서만 아는 작품을 제작하고 있다.

너는 너의 전 생애와 하나뿐인 생명 전체를 투척하면서 그 작품을 제작하는 것일 터인데……. 그것의 제작은, 만일 창조의 신이 이 우주를 창조했다는 것이 사실이라면, 너야말로 그 창조신에 버금가는 작업을 바야흐로 하고 있는 것이리라.

너와 너의 작품을 위해 한 편의 시를 소개할까 한다.

카뮈의 은사인 장 그리니에의 〈섬〉이 독자들에게 읽혀지고 있다. 장 그리니에는 불교사상 힌두사상에 깊이 젖은 작가였다. 그는 특히 색즉시공 공즉시색(色卽是空 空卽是色)에 매료되어 있었다. 그의 밑에서 카뮈가 나타난 것은 당연한 것일 터이다.

그가 말한 섬은 인간의 절대고독의 삶에 대하여 말해 준다. 그 고독은 인간 위에 군림하는 권위와 오만이 아니고, 그 어떠한 신의 힘에 의해서도 구원을 받을 수 없는, 시지프처럼 혼자서 자기 운명을 헤쳐 나가야 한다는 고독이다.

여름 휴가가 시작되었다. 사람들은 산으로 바다로 외국 휴양지로 구름같이 몰려들 간다. 여름은 젊은이들을 들뜨게 하고, 그 들뜸은 자기를 잃어버리게 하고 뜻하지 않은 탈을 일으켜 주기도 한다. 여름은 생명을, 주체할 수 없는 열정을 증발하게 하고 불태워 재로 만든다.

이렇게 주위가 덩달아 들썽거리는 때에는 소월의 〈산유화〉를 읽어야 한다. 소월은 인간의 절대고독을 잘 노래한 시인 가운데 한 사람일 것이다.

산에
산에
피는 꽃은

저만치 혼자서 피어 있네

쉬운 언어들 속에 잔잔하면서도 깊은 슬픔과 아픔과 삶의 순리가 담겨 있다. 산에서 혼자 피고 지는 꽃과 그 꽃이 좋아 산에서 사는 작은 새.

집을 짓는 데에 절대로 여러 개의 가지를 사용하지 않고 오직 한 개의 작은 가지만을 사용하는 작은 새.

〈산유화〉에는 우리 삶의 순수하고 맑은 공간이 있고 그 공간을 관통해 흘러가는 시간이 있다. 우주의 생성과 소멸, 혹은 그 엄정한 순리는, 가로로 놓여 있는 공간을 세로로 교직하듯 흐르는 시간에 의해 이루어진다.

그 어떤 사람도 시간 앞에서 자유로울 수는 없다. 모두들 태어나자마자 성숙해 가고 늙어 가고 죽어 간다. 죽어 감으로 말미암아 새로운 생명을 태어나게 한다.

사람들이 들썽거릴 때 우리는 조용히 침잠하고 명상할 줄 알아야 한다. 지금 자기 성취 혹은 자기 자리 지키기를 생각하고 자기 성장을 위해 도서관을 찾아가 책을 읽을 때이다. 도서관에는 우리 먼저 살다 간 선인들이 아프게 고민한 삶의 궤적들이 우리를 깨닫게 해주기 위해 기다리고 있다.

우리는 혼자서 곰곰이 어떤 꽃을 피울 것인가를 생각해야 한다.

자기가 피운 꽃이 아름답고 예쁜 꽃인지 그렇지 않은 꽃인지에 대하여는 신경 쓸 일이 아니다. 누가 보아 주든 안 보아 주든 아랑곳하지 말고, 다만 참답게 순수하게 자기만의 꽃을 피우기만 할 일이다.

작품 한 편을 끝내고 났을 때 독자들은 그것에 대하여 현학적으로 입방아질을 한다. 그 입방아질과 나의 작품과는 아무런 관계도 없다.
작가들은 누군가가 좀더 듣기 좋게 입방아질 해주기를 기대하면서 소설을 쓰지 않는다.
산유화처럼 저만치 혼자서 그냥 꽃을 피우고 있으면 되는 것이다. 열심히 피어 있다가 혼자서 조용히 지면 되는 것이다. 꽃이 좋아서 산에서 사는 새가 지는 나의 꽃을 위해 울어 주든지 어쩌든지 상관하지 말고, 내 돌아갈 때가 언제인가를 알고 돌아가면 되는 것이다.
내 딸 강아, 작가의 길은 힘이 들지라도 외롭지는 않다. 왜냐하면 자기가 좋아하기도 하고 미워하기도 하는 주인공들이 모여 사는 공화국, 자유의 시공 속에서 그들과 더불어 자유를 향유하고 꿈꾸면서 살아가는 것이기 때문에.
강아, 끊임없이 최선을 다하거라. 세상은 순수한 마음으로 최선을 다하는 자의 것이다.

해산토굴에서 아비가 쓴다

브레히트, 언어의 구두쇠

내가 읽은 브레히트의 시는
결국 아름다운 시가 아니라 압축된 산문이었다. 실제로
그의 몇몇 시는 긴 소설을 읽은 듯한 둔중한 감동이었다.
그는 아주 긴 이야기를 아주 적은 어휘로 그려 내는,
지극히 말을 아끼는 언어의 무뚝뚝한 구두쇠다.

베르톨트 브레히트 — 살아남은 자의 슬픔

홍성원

1937년 수원에서 태어나 고려대 영문학과에서 수학하고 명예학사 학위를 받았다. 1961년 《동아일보》 신춘문예에 당선되어 등단하였으며, 1964년 《한국일보》 신춘문예에 당선되었다. 장편소설 《남과 북》《폭군》《먼동》《달과 칼》《그러나》 등이 있으며, 대한민국문학상 현대문학상, 제4회 이산문학상 등을 수상했다.

살아남은 자의 슬픔

베르톨트 브레히트

물론 나는 알고 있다. 오직 운이 좋았던 덕택에
나는 그 많은 친구들보다 오래 살아남았다. 그러나 지난 밤 꿈속에서
이 친구들이 나에 대하여 이야기하는 소리가 들려왔다.
"강한 자는 살아 남는다."
그러자 나는 자신이 미워졌다.

브레히트, 언어의 구두쇠

　　이태 전 《남과 북》을 개작하고 보완하면서 나는 반세기 전에 겪은 한국전쟁 6·25를 정서적으로 또 한 번 겪는 아픔을 경험했다. 전쟁의 포화 속에 산산이 조각난 내 청소년 시절의 기억들을 주위 모으면서, 내가 가장 고통스럽게 느낀 것은 한국전쟁중에 무수히 죽어 간 남북한 우리 동포들의 '동의할 수 없는 죽음' 들이다. 냉전시대의 요구에 따라 전쟁중에 허망하게 죽어 간 남북한의 무수한 젊은 죽음들은, 바로 그들이 죽은 장소에서 동물성 단백질로 솔직하게 해체되어 지금은 하얀 백골로 온 산하에 흩어져 있다. 그 공평한 죽음의 해체 과정에는 영광도 없고 조국도 없고 개인적인 의미도 없다. 그들은 다만 한 번씩 '동의할 수 없는 죽음' 을 죽었을 뿐이다.

　　모든 죽음은 억울하다. 그러나 그 억울함조차도 죽은 자의 몫은 아니다. 죽음에 대한 단장의 슬픔은 그 죽음을 바라보는 산 자의 몫이기 때문이다. 1년 내내 작품을 손질하며 나는 그 무수한 허망한 죽음들을 생각했고, 그 억울한 죽음들을 안타깝게 되새기며 한편으로는 지금껏 살아남은 나 자신을 부끄럽게 생각했다. 베르톨트 브레히트의 〈살아남은 자의 슬픔〉은 그래서 더욱 내 머릿속에 슬픈 주문(呪文) 으로 남아 있다.

　　극작가로 더 많이 알려진 브레히트의 시 세계로 나를 처음 인도해

준 사람은, 시집《살아남은 자의 슬픔》을 번역하여 우리 문단에 소개한, 30년 지기인 시인 김광규 형이다. 80년대 중반에 번역 발간된 이 시집을 김 시인은 자필 서명하여 바로 내게 보내 주었고, 나는 시집을 받아들고는 늘 하는 버릇대로 앉은자리에서 대충 그 내용을 훑어보다가, 뜻하지 않게 그 별난 시집을 절반이나 읽어 버렸다. 그렇다, 그것은 매우 별난 기이한 시집이었다.

30년이 넘게 소설만 써 오면서 내가 남몰래 마음속으로 욕심 낸 것은, 나도 언젠가는 저 아름다운 시 같은 산문을 꼭 한번 써 보리라는 것이었다. 그러나 브레히트의 시를 만나면서 나는 오래 감추어 둔 나만의 욕심을 접어야 했다. 시 같은 산뜻한 산문보다 내게 더 절실한 것은 산문 같은 둔중한 시임을 뒤늦게 깨달은 것이다.

브레히트의 산문 같은 시에는 곡예사의 재주넘기 같은 언어의 기교가 보이지 않는다. 의미 전달을 위한 산문 본래의 논리적인 진행 속에, 그러나 그는 사물의 이면에 몰래 숨겨진 악의나 거짓 혹은 뒤틀림 따위를 통렬하게 뒤집어 보여 주며, 또 그것을 보여 주는 것으로 그치지 않고, 그것을 함께 본 현장 목격자인 우리에게 당신의 침묵은 이제부터는 무죄가 아니라고 우리를 아프게 채근한다. 이러한 채근과 손가락질 때문에 그는 종종 참여 문학의 효장으로 불리기도 하나 보다.

다윈이즘의 약육강식이 가장 솔직하게 드러나는 장소가 전쟁터다.

전쟁에서는 내가 살기 위해, 적이 나를 죽이기 전에 내가 먼저 적을 죽여야 한다. 이렇게 우리의 살아 있음은 타인의 희생을 전제로 한 것이었고, 지금 이 시간 살아 있는 우리 모두는 어쩔 수 없이 앞서 죽은 사람들보다 강한 자일 수밖에 없다. 시인은 바로 이 곤욕스러운 살아 있음 때문에 살아 있는 강한 자를 더 이상 축복하지 않는다. 오히려 시인은 매일 밤 잠자리에 들 때마다, 강한 자로 자신을 지목하여 손가락질하는 사자(死者)들의 악몽을 꾸며, 그 음산한 사자들의 질책 속에서 자신의 누추한 삶을 정직하게 미워한다. 전쟁터가 아닌 일상의 삶에서도 시인은 적자생존의 다윈이즘에 주목한다.

　사람들은 나에게 말한다. 먹고 마셔라! 네가 그럴 수 있다는 것을 기뻐하라!
　그러나 내가 먹는 것이 굶주린 자에게 빼앗은 것이고,
　내가 마시는 물이 목마른 자에게 없는 것이라면
　어떻게 내가 먹고 마실 수 있겠느냐?
　그런데도 나는 먹고 마신다.

다윈이즘에 대항하는 무기로 시인은 이미 젊은 나이에 마르크시즘에 심취했지만, 그렇다고 입당하지도 않았고, 히틀러의 나치스를 피해 망명길에 오를 때도 모스크바를 거쳐 시베리아를 횡단하여 블라

디보스토크에서 미국으로 망명한다. 그도 역시 우리나라 지식인들처럼 머리는 사회주의에 몸뚱이는 자본주의에 맡겨 두기로 한 것이다.

브레히트의 시 세계를 우리에게 소개한 김광규 시인의 해설에 의하면 "'그의 언어는 문학적 우회나 수식을 피하고 일상의 현실을 직접적으로 진술하며…… 그가 사용하는 어휘는 언제나 단순하고 구문은 항상 명료하다.' 그러나 그는 이 단순한 어휘와 명료한 구문으로 '아무도 말할 수 없는 것을 말해야 하며, 모든 사람이 침묵할 때 침묵해서는 안 되는 사람이었다.'"

'서정시를 쓰기 힘든 시대'를 고통스럽게 살았던 이 시인은 결국 현실 세계에 불평이 많은 자기 자신에게 이렇게 한탄하고 반문한다.

왜 나는 아직
40대 소작인의 처가 허리를 구부리고 걸어가는 것만 이야기하는가?
처녀들의 젖가슴은
예나 이제나 따스한데

내가 읽은 브레히트의 시는 결국 아름다운 시가 아니라 압축된 산문이었다. 실제로 그의 몇몇 시는 긴 소설을 읽은 듯한 둔중한 감동이었다. 〈민주적인 판사〉 같은 시는 그 자체가 하나의 완벽한 소극(笑劇)이다. 그는 아주 긴 이야기를 아주 적은 어휘로 그려 내는, 지극히 말을 아끼는 언어의 무뚝뚝한 구두쇠다.

나를 매혹시킨 한 편의 시 ⑤

초판 1쇄—2002년 3월 25일
초판 3쇄—2005년 6월 30일

지은이 — 이 호 철 외
펴낸이 — 전 성 은
펴낸곳 — (주)문학사상사
주 소 — 서울특별시 송파구 오금동 91번지(138-858)
등 록 — 1973년 3월 21일 제 1-137호

편집부 — 3401-8543~4
영업부 — 3401-8540~2
팩시밀리 — 3401-8741~2
지로계좌 — 3006111
홈페이지 — www.munsa.co.kr
한글도메인 — 문학사상
E · 메일 — munsa@munsa.co.kr

잘못 만들어진 책은 구입하신 서점이나
본사에서 바꾸어 드립니다.

값은 표지 뒷면에 표시되어 있습니다.

ISBN 89-7012-404-7 04810

문학사상사의 좋은 책 ─ 이상문학상 작품집

보내는 사람

문학사상사

우편엽서

받는 사람

서울 송파구 오금동 91번지
전화 (02)3401-8540~4 팩스 (02)3401-8741~2
홈페이지 : www.munsa.co.kr
이메일 : mnunsa@munsa.co.kr
한글도메인)주소 : 문학사상

| 1 | 3 | 8 | - | 8 | 5 | 8 |

문화사상사의 책을 구입해 주셔서 감사합니다. 더욱 좋은 책을 만들기 위해 독자 여러분의 의견을 듣고자 하오니, 회답해 주
시면 주첨을 통해 선물을 보내드리겠습니다.

| :: 이름 | 주소 | | (휴대)전화 |
| 이메일 | 나이 | 직업 | 학교 |

:: 구입하신 책 제목

:: 구입하신 서점 또는 인터넷 사이트

:: 이 책을 사게 된 동기
□ 주위의 권유 □ 신문 · 잡지의 광고 □ 신문 · 잡지 · 방송의 서평 □ 서점에서 보고 □ 인터넷에서 보고 □ 원래 애독자 □ 책이 마음에 들어서

:: 책을 읽고 난 소감
내용_ □ 만족 □ 무난 □ 불만
꾸밈이 있다면_ □ 내용이 풍족실 □ 오탈자 □ 기타(   )

:: 평소 구독하는 신문, 잡지

:: 문화사상사에 전하고 싶은 말(구입하신 책에 대한 의견 또는 희망사항)